白い悲鳴

笹沢左保

祥伝社文庫

目次

白い悲鳴

1

寒風が、すすり泣くような音とともに、吹き抜けていく。陰鬱（いんうつ）に暗い曇（くも）り空であった。さっきまで遊んでいた子どもたちも、寒さのせいか姿を消してしまっていた。小さな公園に、人の気配はなかった。

「まだ、決心がつきませんか」

肩をすぼめながら、酒巻伸次（さかまきしんじ）が苛立（いらだ）たしそうに言った。幾度コートの衿（えり）を立てても、すぐ風に倒されてしまう。鉄製のベンチの冷たさが、腰にしみ込んでくる。

「そんなこと言ったって……」

御木本平吉（みきもとへいきち）は臆病（おくびょう）そうな目を忙（せわ）しく動かして、困惑の苦笑を浮かべた。旧式な厚手のオーバーの衿に、顎（あご）を埋（うず）めていた。なかば白くなった髪の毛が、風ですっかり乱れている。

三十歳と五十七歳の男は、身体（からだ）を寄せ合うようにしてベンチにすわっていた。寒さのせいばかりではない。いまのふたりには、心身ともに寄せ合わずにはいられない彼らだけの孤立感があるのだった。

「決心してくださいよ。いまはもう、御木本さんの気持ちしだいなんですからね」

酒巻伸次は、双眸をギラギラさせた。逃げ場を失ったときの野良猫のような、焦燥感と激しさと暗さが、その表情から読み取れた。

「そう言われては、なおさらウンと頷けなくなるね」

御木本平吉は、頬のあたりを引き吊らせた。もう、苦笑する余裕さえ、失っているのである。長年、実直で小心なサラリーマンだった初老の男は、いま想像したこともない重大な決断を迫られているのだった。

「そうするほかは、ないんですよ」

酒巻伸次は、ブルッと肩を震わせた。

「しかし、君もわたしも、犯罪に縁のある人間じゃないと思うんだがね」

御木本平吉は、弱々しい吐息を洩らした。

「犯罪に縁のある人間、縁のない人間というふうに分けられるものなんですか」

「つまり、わたしたちは善良な市民だという意味なんだ。理性的でもあるし、良識もある。法律を重んずるしね」

「確かに、良識もあるし法律も重んじたい。しかし、そうじゃなくなる場合もあります。大学の教授だって、最愛の人間に裏切られたら人殺しをするかもしれない。文化人だって、飢えれば泥棒もするでしょう。犯罪に縁のない人間ではなくて、犯罪に縁がなくすんでいた人間なんです。しかし、現在のぼくたちは、犯罪に縁がないということではすまされなくなったんですよ」

「法を犯すという勇気が、わたしにはないんだな」

「われわれは、享楽を求めて、遊興費が欲しくて千五百万円を奪うのではありませんよ。当然の報酬として、獲得するんです」

「当然の報酬？」

「そうです」

「どうして、陸進不動産から千五百万を奪うことが、当然の報酬になるのかね」

「内訳を言いましょう。御木本さんとぼくは、不当な理由で陸進不動産を馘になった。まず、来年で停年退職になるはずだった御木本さんの、退職金が三百万円。ぼくがあと十年間、陸進不動産に勤めたとして、支給される給料と退職金が少なめに見積って、千二百万円。計千五百万円です」

「なるほど……」

「当然よこすべきものをよこさないから、奪い取るというだけのことです」

「われわれにとっては当然のことかもしれないが、その正当性は世間に通用しない。法を犯すんだからね」

「御木本さんは、このまま泣き寝入りするつもりなんですか」

酒巻伸次の声が高くなった。彼は、怒りを示さない御木本平吉に腹を立てていたのだった。不当な仕打ちに対して、なぜ抵抗しないのか。その愚鈍ともいうべき態度が、口惜しいくらいだった。

陸進不動産は、創業四十年という歴史を有する会社である。現在では全国の各都市に、無数の貸ビルを持ち、新興土地会社などとは違って業界の大手、老舗として安定した企業であった。

社員も、東京本社だけで二百人以上いる。酒巻伸次と御木本平吉は十日前まで、この陸進不動産東京本社の経理課員だった。そのふたりが、責任を問われる意味で退職金も支払われずに解雇されたのは、七百万円紛失事件が原因であった。

二月八日のことである。経理課の金庫の中にあった現金七百万円が消えてしまったことに気がついたのは、副社長の仙田新次郎だった。副社長自身の手でその日の朝、金庫に納められた七百万円が、夕方取り出しに来たときには影も形もなかったのである。

経理課の大金庫を開閉できるのは、六人の経理課員と一部の重役たちだけに限られていた。しかも、その日のうちに経理課の部屋に出入りした者は、課員のほかには副社長だけだったのだ。

当然、課長を含めた六人の経理課員が、疑惑の対象にされた。課員たちは事務机の中から、一切の私物まで調べられた。だが、七百万円は見つからなかった。経理課の部屋は大掃除も同然に、掻き回された。

課員たちは、昼休みや休憩時間になれば自由に部屋から出て行く。洗面所へも行く。したがって、七百万円を部屋から持ち出して、どこかへ隠すということも可能だったわけである。しかし、最も疑いが濃いとされたのは、御木本平吉と酒巻伸次であった。

それは、ふたりが金庫主任だったからである。金庫主任というのは一種の当番で、六人の課員がふたりずつ組み、一週間交替で金庫番をするのだった。金庫主任は、ふたりのうちどちらかが必ず経理課の部屋にいなければならないことになっていた。

この週は運悪く、御木本平吉と酒巻伸次が金庫主任だったのだ。だから、昼休みもふたりは部屋にいて、備えつけのテレビを見ていたくらいであった。陸進不動産の本社では、休憩時間に見るという条件つきで各部屋にテレビを置いてあるのだった。

結局、七百万円は発見できなかった。本来ならば、これから先は警察に任せられるべきであった。御木本平吉も酒巻伸次も、警察の調べを受けたいと主張した。だが、会社側はそれに応じなかった。

盗難届けも出さないし、警察に連絡することさえ避けたのであった。内々にすませたいというわけである。なぜ、七百万円という大金を諦めてまで、盗難事件を内密にしたかったのか。それなりの事情があったのだ。

陸進不動産は規模こそ大きいが、もともとが個人会社である。現在の経営者は三代目だが、依然として血族重役によって固めるという方針を続けている。現社長の仙田清一郎は創業者の孫であり、副社長の仙田新次郎は社長の弟であった。

この三代目になってから、陸進不動産はいろいろな点でミソをつけた。兄弟が揃ってワンマンぶりを発揮するし、まだ三十代の若さだけに野心があり、やることがかなり強引なためであった。

御用組合には違いないが、とにかくそれまではなかった従業員の組合結成を認めたり、停年退職期を五十五歳から五十八歳まで引き上げたり、社員の厚生面に力を入れたりというのは、いい意味での意欲の示し方だった。

だが、反面、悪い意味でも大胆であった。まず、二代目までは手を出さなかった広大な別荘地の開発に目をつけた。大々的な宣伝をやり、別荘地を売りまくった。けっして、良心的なやり方ではなかった。

買った客から苦情が殺到し、詐欺だと訴えられもした。この結果、誇大広告ということで新聞に叩かれた。通称「リクシン」と知られている信用ある会社が、インチキ不動産屋なみに世間の不信を買ったのだ。

次が、大口の脱税事件であった。このときも、新聞が大きく取り上げた。重加算税を含めると、十億円を越える額だったのだ。この一件で、またまた「リクシン」の悪名が高まったのであった。

そうしたことから、陸進不動産の首脳部は世間に会社に関することを公表されるのを、極度に嫌うようになったのである。本社の金庫から七百万円が盗まれたと新聞にでも載れば、「リクシン」社内はもう乱脈を極めていると、ますます信用を失うことになるだろう。

また、その七百万円にしても、副社長が個人的に取引きして得た利潤か何かで、あまり騒ぎ立てられたくない性質のものだったかもしれない。とにかく、警察沙汰にはしなかったのである。

そうかと言って、何事もなくすますわけにはいかなかった。経理課の金庫から七百万円が消えたという事実は、社内に知れ渡ってしまっている。責任をとらせるという恰好だけは、一応つけなければならなかった。

まず、当日の金庫主任だった御木本平吉と酒巻伸次が、解雇された。経理課長の浦辺正彦は、課長代理に格下げという処分であった。残り三人の課員は、営業部へ移されることになった。

御木本平吉と酒巻伸次が解雇されたのは、七百万円を盗んだという容疑が濃いためではなかった。あくまで、陸進不動産の社規に基づいての処分であった。

社規の金庫主任の項には、「不可抗力（火災または凶器を持った強盗の侵入など）の場合を除いて、経理課金庫に関する事故が発生したときは、金庫主任は責任を負う義務がある」とすると、明記されている。

紛失した金額を穴埋めするというのも責任をとる方法の一つだろうが、七百万円となるととても不可能である。そうなると、解雇されても文句は言えないというわけだった。しかし、酒巻には文句があった。

彼は、不可抗力の事故だと思った。金庫主任と言えども、人間である。金庫の前には、はりついていることはできない。休憩時間はその義務を果たすが、勤務時間中は彼も御木本平吉も経理課の部屋から出ることだってある。

それに、警察の調べを受けないということも不満だった。酒巻は不当解雇だと話を組合へ持ち込んだが、御用組合であるだけに相手にもなってくれなかった。

酒巻伸次が、本社社員の給料千五百万円を奪うことを思いついたのは、そうした事情からであった。いくつかの不合理に対する腹癒(い)せである。そんな復讐(ふくしゅう)でも考えていなければ、気持ちが治まらないのだ。

だが、御木本平吉は話に乗ってこなかった。哀れな男だと、酒巻は思う。三十年間も、ただ黙々と陸進不動産のために働いてきた御木本平吉である。二十歳のとき陸進不動産に入社、五年間の戦争経験の末に三十六歳で再び社員に復帰というのが、彼の社員歴なのだ。

真面目(まじめ)一方で、要領が悪く、出世の見込みはないというタイプであった。三十八歳の浦辺経理課長の下で、五十七歳の御木本平吉は課長代理だったのだ。

しかも、彼は来年で停年退職するところであった。それを目の前にして、十円の退職金も支給されず解雇されたのである。彼はまだ会社を馘になったことを、家族たちに打ち明けていないらしい。

毎日、会社へ行くような顔で家を出て、こうした公園などで時間をつぶしているのだ。戦後二年して復員して来た彼は、結婚も遅かった。子どもは長女が二十で、長男が高校生、次男と次女が中学生である。

それに、気の強い妻がいる。そうした家族たちの手前、会社を馘になったと打ち明けられない御木本平吉の気持ちは、酒巻にも痛いほどよくわかる。しかし、給料日になったら、いったいどうするつもりなのだろう。

「どうしても、駄目ですか」

酒巻は望みはないと承知の上で、そう念を押した。

「君も知っているとおり、わたしは気の小さい男だ。拾った金でも、自分のものにする勇気はないんだよ」

御木本平吉は自嘲するように、寂しげな笑いを浮かべた。不運な男を象徴するような、彼の顔であった。どんなに虐げられても、抗議することさえできない男なのだ。酒巻は哀れさを覚えた。

「じゃあ、わたしはこれで……」

ぴょこぴょこと頭を下げながら、御木本平吉は立ち上がった。

「どこへ行くんです」

「四谷見附まで歩けば、パチンコ屋があるからね。そこで、夕方まで時間をつぶそうと思って……」

恥じらうように、御木本平吉は目を伏せた。

「そうですか。じゃあ……」

「酒巻君も、いまの話は考え直してほしいね。やっぱり、悪いことをするのは、よくないと思って……」

御木本平吉は自分の言葉に自分で頷いてから、公園の出口のほうへ去って行った。寒風の中で、その零落したという後ろ姿は、人生の末路を思わせた。畜生と、酒巻は大声で怒鳴りたくなった。

千五百万円を盗むことは、酒巻ひとりでも可能だった。しかし、御木本平吉に反対されると、やはり心細くなった。かと言って、このまま引き退る気持ちにはなれない。どうすれば、いいのか。

七百万円を着服して知らん顔をしている犯人を、自分の手で捕まえる。真相を明らかにする。いい考えだと思った。なぜ、いままでそうすることに、気づかなかったのか。

酒巻は、七百万円紛失事件について、詳しく通じている。とすれば、推理のしようもあるというわけだ。なんとか、真犯人を割り出せそうな気がする。

何か、方法があるだろうか。刑事ではないから、公然と調べる権利も能力もない。巧みな罠を仕掛けて、犯人みずからが事実を認めるような手段を用いなければならない。

あの場合、どう考えても犯人は経理課員のうちのひとりである。たとえ見込み違いでも、経理課員を最初に罠にかけるのが妥当というべきだろう。

課　長　浦辺　正彦　38
課長代理　御木本平吉　57
課　員　酒巻　伸次　30
〃　谷(たに)　公三郎(こうざぶろう)　27
〃　朝井(あさい)　京子(きょうこ)　24
〃　根岸(ねぎし)　優美(ゆみ)　19

これが十日前までの、経理課員の構成であった。このうちから、酒巻自身と御木本平吉を除けば、残る四人だけということになった。酒巻にとっては、もうひとり除外したい人間がいた。

朝井京子である。酒巻は二年ほど前から、朝井京子と特別な関係にあった。別に結婚を前提にはしていなかったが、週に二度ほど酒巻は朝井のアパートを訪れて、彼女を抱くという習慣が続いていた。

朝井京子を泥棒と思いたくないのは、男としての情であった。しかし、彼女を心から信頼しているわけではない。現代娘は、何をするかわからなかった。この際、情など無用だと思った。

やがて、酒巻はベンチから立ち上がった。仕掛けるべき罠を考えついたのである。身体を張ってやらなければならない危険な罠であった。だが、仕方がなかった。多少の危険は、覚悟の上だった。

酒巻は悲壮感の漲った面持ちで無人の公園を眺め回してから、ゆっくりと歩き出した。

2

朝井京子のアパートは、東中野にあった。すぐ近くを中央線が通っていて、国電の音が絶えず聞こえてくる。古いアパートだが、ガッチリした造りであった。

だが、環境がよくなかった。やたらとアパートや人家が建っていて、まったくの密集地帯だった。窓の外はすぐ隣家のモルタル造りの壁で、昼間のうちから室内は薄暗い。

六畳に、小さなダイニング・キッチンがついているだけだった。浴室はなく、トイレも共同であった。しかし、若い女の住まいらしく、小綺麗に整頓されていて、どことなく華やかな感じがした。

酒巻が訪れたのは、八時すぎであった。もちろん朝井京子は、会社から帰って来ていた。珍しく和服姿で、彼女はテレビの青春もののドラマを見ていた。

「寒いな」

酒巻は、電気炬燵の前にあぐらをかいた。彼の顔を見ると、京子は何も言わずにウイスキーの角瓶とグラスを持って来た。酒巻のために、用意してあるウイスキーだった。

「強にしてあげるわね」

と、朝井京子は電気炬燵の調節機に、手を伸ばした。背中に流れている長い髪の毛が、肩から腕へかけて滑った。それが、なんとも言えなく艶っぽかった。

色白で、大きな目に暗い翳りがある。厚めの唇が、いつも濡れているように煽情的だった。どちらかと言えば、人目につく派手な容貌である。

この二年間に、知り尽くした女だった。だが、今夜の京子には新鮮な魅力があり、酒巻には眩しいくらいだった。一週間以上も、顔を見なかったせいかもしれない。

あるいは、職を失っていることが女の前で劣等感になり、それが京子を高嶺の花のように美しく見せているのかもしれなかった。酒巻は、大きな身体を縮めるようにした。

「その後、どうだ。会社のほうは……」

「営業へ移されて、馴れない仕事でしょ。とても、疲れるわ」

「周囲の者が、君たちを変な目で見たりしないか」

「営業の人たち？」

「うん」

「全然よ」

「やっぱり、誰もがおれと御木本さんを、七百万円を盗んだ犯人だと決め込んでいるんだな」

「さあね。でも、もうそのことについては誰も喋(しゃべ)らないわよ」

「犯人が、わかっているからだ」

「違うわ。人の噂も七十五日どころじゃなくて、人の噂も一週間なのよ。生活のテンポが早いのね」

「君は、どう思う?」

「何が……」

「おれや御木本さんを、疑っているのか」

「そうねえ」

と、朝井京子は黙り込んだ。チラッと、白い歯が覗(のぞ)いた。やはり、京子も疑っているのだ。それもまた、いいだろう。しかし、自分もまた京子のことを信じてはいないのだ、と酒巻は思った。

「就職口、見つかった?」

朝井京子は、話題を変えた。

「そんなもの、探してもいないさ」

酒巻は、グラスのウイスキーを口の中へ放り込んだ。

「どうして？」

「このまま、ほかの会社に就職したら、おれの負けさ」

「負け？」

「七百万円を盗んだって、認めるようなものだろう。それじゃあ、気がすまない」

「じゃあ、郷里へでも引き揚げるつもり？」

「冗談じゃない。おれは、陸進不動産に挑戦するのさ」

「やめなさいよ、馬鹿らしい。御木本さんとなると絶望的だけど、あなたはまだ三十歳、大学出で経理の仕事は専門家じゃないの。この求人難の時代に、いい就職口はいくらでもあるわ」

「盗みもしない七百万円を、盗んだものと思われているんだ。それだけの報酬は、いただかなくちゃあ……」

「伸次さん、あなた何を考えているの」

「心配か」

「気になるわ」

京子は、真剣な面持ちになった。彼女らしくないことだった。酒巻は、おやっと思った。朝井京子という女は、何事においてもあまり真剣にならなかった。とくに個人的なこととなると、興味も示さないのである。

どことなく、虚無的な感じがした。いつも孤立していた。会社でも、変わり者で通っていた。つき合いは、いっさいしなかった。女臭さがないのだ。

無口で、たまに喋っても相手をからかっているように投げやりであった。酒巻と肉体的に結ばれても、結婚のケの字も口にしないというところだって、およそ普通の女らしくない。

もっとも、酒巻が初めての男ではなかった。かなりの経験があったことを、京子の肉体が物語っていた。それにしても、将来に対して無責任すぎる女だった。

その京子が、ひどく真剣な表情で質問したのである。やはり、彼女も七百万円には、無関心ではいられない人間のひとりなのだ。

犯人は京子かもしれない。酒巻は、反射的にそう思った。

「どうするか、知りたいんだな」

酒巻は、京子の右手をとって握りしめた。

「知りたいわ」

京子は、酒巻のほうへ身体の向きを変えた。

「君だけには教えよう。ただし、他言は無用だぞ」

「わかったわ」

「陸進不動産東京本社の給料日は？」

「あなた、忘れたの？」

「二十四日だ」

「そうよ」

「二月二十四日は、同じ給料日でもほかに特別な意味がある」

「二月二十四日は、陸進不動産の創業記念日だわね」

「例年、創業記念日は会社に顔を出して、社長の挨拶（あいさつ）を聞き、紅白のお饅頭（まんじゅう）をもらって帰って来るだけだ」

「課長以上の役付きは、料亭へ招待されて一杯やるそうね」

「いずれにしても、本社員たちが会社にいるのは、二時間がせいぜいだ。その間に、給料を支給しなければならない」

「いつもの給料日だったら、午後に支給されるけどね」

「その場合は、給料日の当日、午前中に銀行から現金を引き出して来ればいい。しかし、二月二十四日となると、そうはいかない。社員たちは朝のうち会社にいるだけなのだから、給料は前日に用意しておかなければならないんだ」

「あなたもわたしも経理は長かったから、そんなことは百も承知じゃないの」

「つまり、二月二十四日の給料日に限り、千五百万円の現金が一晩、経理の金庫の中で眠るわけだろう」

「伸次さん……」

朝井京子は、潤んでいるような目を大きく見開いた。何かを言い澱むように、唇が微かに震えている。京子には、酒巻の意図が読めたのであった。

「泥棒扱いされた慰謝料として、その千五百万円をいただこうというわけだ」

酒巻は、何杯目かのウイスキーを呷った。目だけは、京子から放さなかった。その京子が、ふと笑った。無理に笑ったのだ。

「伸次さん、冗談でしょ。わたしを、からかっているのね」

京子は、そう信じ込もうとするように、深く頷いた。

「からかってなんかいるもんか。おれは、本気だ」

酒巻は鋭い眼差しで、京子を見据えた。

「本気なの」

「そうだ」

「駄目よ。そんなこと……」

「なぜ」

「なぜって、当たり前じゃないの」

「必ず成功するって、自信があるんだぜ」

「成功なんてするもんですか。第一、金庫をあけることができないわ。経理課員を残らず、馘にしたり営業へ移したりしたんですもの。当然、金庫をあけるナンバーを新しく変更するわよ」

「もちろん、金庫のあけ方は新しい方式に変えるだろう。しかし、課長だった浦辺が、課長代理に格下げになってまだ経理課に残っている。浦辺は、新しい金庫のあけ方を知っているはずだ」

「その方式を、浦辺さんの口から訊き出そうっていうの」

「浦辺自身は、喋りっこない。しかし、浦辺の女に探らせることはできる」

「根岸さんを、仲間に引き入れるの」

「仲間なんか、必要じゃない。根岸優美を、ただ利用するだけだ」

「色仕掛けでね」

京子は、皮肉っぽい言い方をした。彼女でも、嫉妬することはあるらしい。そんなところに女っぽさを感じて、酒巻は衝動的に京子の身体を引き寄せた。

京子は胸から、酒巻の腕の中へ倒れかかってきた。着物の裾が大きく割れて、白い脚が覗いた。それが、男の視覚を通じて欲望を刺激した。

ミニ・スカートなどでは感じない女の隠された部分の新鮮さが、頭の中がカッと熱くなるほど魅力的であった。それに、酒巻にはこれで用はすんだという解放感があった。

彼の動作は、思わず荒々しくなった。内腿の青白さがこぼれているあたりへ手を伸ばしながら、ぶつけるように唇を重ねた。京子の両手が、酒巻の肩にかかった。

「お願い。悪いことはしないで……」

目を閉じたまま、喘ぐように言う京子の唇を、酒巻は再び塞いだ。京子の肩が波打ち始めた。彼の右手の愛戯には、狎れきっている京子の身体であった。

やがて、京子はみずから畳の上に崩れた。酒巻は、奇妙な気分になった。互いに、七百万円を盗んだ犯人ではないかと疑っている。その男女が、人間同士としてこれ以上の結合はないという行為に及んでいる。

人間とは浅ましく、儚いものだと思う。そう思うから、そうした行為に没入したいのだ。そんな自虐的な気持ちが、酒巻をいっそう激しくした。

「ねえ、あれ。テレビよ！」

不意に、京子が叫んだ。彼女は、ドラマが進行中のテレビを指さしていた。それが何を意味しているのか、酒巻にはわからなかった。彼は白い果実のように剝き出しになっている京子の胸の隆起をもみしだきながら、彼女の中へはいっていった。

「テレビ！　テレビよ！」

甲高い声で、京子はそう繰り返した。それは、悲鳴に近かった。白い悲鳴であった。だが、長くは続かない悲鳴だった。すぐ、苦悶するような呻き声に変わった。

京子の全身に、痙攣が走った。激しく首を振るのにつれて、長い髪の毛が畳の上に大きく散った。陶酔のときを迎えて、この間に限り男と女の念頭には、さすがに七百万円はなかったのであった。

3

ガンガンと頭に響くような音楽が、鳴りっぱなしであった。若い男女が、せまい空間でぶつかり合いながら、狂ったようにゴーゴーを踊っている。七三の割で、女のほうが多かった。

少ないボックス席は、満員であった。一杯六百円のブランディーで、何時間もねばっている客ばかりであった。酒巻と谷公三郎は、カウンターの端にすわっていた。人が大勢いても、どんなことでも平気で喋れるのが、こういう店のいいところだった。大音響の音楽が、人々の耳を完全に塞いでくれる。

それに、こういう店へ来ている連中は、他人のことに無関心である。バーテンも無愛想で、呼ばない限りは遠くでタバコを吸っている。密談には、もってこいの場所なのだ。

谷公三郎は、ビールをかなり飲んでいた。この店はチケット制である。谷は五千円分買ったが、そのチケットももう半分以上なくなっていた。

酒巻は、ウイスキーを舐めるようにしていた。罠を仕掛けるために、酔わないように心がけているというわけではない。谷公三郎のオゴリだと思うと、ウイスキーもうまくないのである。

谷公三郎が、憎いのではない。つい先日まで、経理課で机を並べていた同僚の谷公三郎であった。それなのに、いまはすっかり立場が違ってしまっている。

谷は営業へ移されたとはいえ、れっきとした陸進不動産の社員である。一方の酒巻は、盗みの疑いをかけられたうえに会社を逐われた失業者であった。

この店へ来ても、当然といった顔つきで谷がチケットを買う。三つ年下で、経理課にいた頃は指示を与えていた相手だけに、酒巻としてはやりきれない気持ちになる。

今日、陸進不動産の本社へ電話して、谷公三郎と連絡をとった。なんとなく会いたいのだと誘いをかけると、谷は一時間ぐらいならと気軽に応じたのであった。

彼は八時に、赤坂の「トパーズ」という店で、女と待ち合わせることになっていたのだ。では、それまでの時間をと、酒巻は谷とこの「トパーズ」で会ったのだった。

谷はもともとオシャレだったが、今夜は黒い背広で水色のワイシャツの衿元から赤いアスコットタイを覗かせているという粋な服装をしていた。真冬でも、コートの類はいっさい用いなかった。

小さな工場を経営している父親を持ち、ひとり息子の気楽さを味わっているというタイプの男だった。戦前の二枚目といった美男子である。

「ぼくはね、酒巻さん。いまの会社をやめようと思っているんですよ」

酔いで口が軽くなった頃、谷公三郎はそんなことを言い出した。

「陸進不動産をやめる?」

これは意外なことを耳にすると、酒巻は思った。

「そうなんですよ」

谷は、頭へ手をやった。小指で金の指輪が光った。

「どうしてだ」

「営業へ移されたでしょう。つまりは、それが原因なんです」

「営業へ移されたことが、不満なんだな」

「不満というより、不向きなんですよ。営業の仕事は、外交員みたいなものですからね。ぼくには、できないんです」

「会社をやめて、どうするんだ」

「当分、遊ぶつもりです」

「いい身分じゃないか」

「まあ、親がかりも同然ですから、その点では無理が利きます」

「しかし、ただ遊んでいても、つまらないじゃないか」

「もちろんですよ。だから、あちこち旅行でもしようと思って……」

「旅行？」

「今夜ここへ来る女と、一緒に旅行する約束ができているんですよ。女子大生ですがね、いい女ですよ」

「羨ましいな」

　と、それはなかば、酒巻の本音であった。まるで不遇な酒巻にあてつけているように、

谷公三郎は結構なことばかり並べ立てている。酒巻が羨望するのを密かに楽しんでいるみ
たいだった。
だが、酒巻は谷が陸進不動産をやめると言い出したことが、ひどく気になった。営業の
仕事が向かないから、会社をやめるという。二十七にもなった男が、そんな甘いことを言
っていられるものだろうか。
父親が工場を経営しているといっても、小さな自動車修理工場にすぎない。経営者みず

からが、油がしみた作業衣を着て働いているのだ。
社長のひとり息子で、のんびり遊んでいられるという身分ではない。しかも、谷公三郎

は当分、旅行でもしようと思うと言っている。女とも約束ができているらしい。
どうして、谷公三郎には将来のことなど考えずにいられる余裕があるのだろうか。七百

万円あれば、一生のんびり暮らせるわけではない。しかし、若いだけに七百万円を手に入
れたら、天下を取ったような気分にもなるだろう。

谷公三郎こそ、七百万円を盗んだ犯人ではないだろうか。その点は、なんとも言えなか
った。だからこそ、彼にも罠を仕掛ける必要があるのだ。

「やがては、ぼくもそういう身分になれるだろうよ」
と、酒巻は意味ありげな笑いを浮かべて、タバコに火をつけた。

「ほう。そうですかね」

そんなことはあり得ないと嘲笑するように、谷は肩を揺すった。

「やがて、ということはないな。間もなくだよ」

「いい就職口でも、見つかったんですね」

「とんでもない。泥棒扱いされた人間に、ケチな勤め口を探す気なんてなくなるものなんだ」

「ぼくは、酒巻さんのことを、そんなふうには思っていませんよ」

「しかし、陸進不動産の大半の社員は、そう思っているんだ」

「だからって、酒巻さん……」

谷公三郎は、表情を曇らせた。話に乗って来た証拠である。

「どうせ疑われるなら、それだけのことをしてやろうと思ってね」

酒巻も、表情を厳しくした。

「というと……」

「今月の二十四日は、給料日だろう」

「そうですね」

「おまけに、創業記念日だ。とまでは、言えるんだがね」

酒巻は気をもたせるように、そこで口を噤(つぐ)んだ。

「それが、どうしたというんです」

谷公三郎は、身を乗り出してきた。話の続きを、待っている。だいたいの見当がついていながら、酒巻の決定的な言葉を聞きたがっているのだ。

「重大な秘密なんだ。しかし、君は今夜、ぼくにつき合ってくれた。それに、君はぼくの潔白を信じてくれているらしい。だから、君だけには話すけど、その前に約束してもらいたいんだ」

「どんなことです」

「絶対に他言しないでくれ」

「誰にも喋りません。誓います」

「実はね、前日に運び込まれた給料を、そっくりいただくつもりなんだ」

「なんですって！」

「千五百万円は、あるはずだからね。ぼくも、女を連れて、ゆっくり温泉めぐりができるっていうわけだ」

「酒巻さん、本気ですか」

「これが、冗談を言っている顔だと思うのかい」

「しかし、酒巻さん……。それは、まずいですよ」

「どうして」

「本当に、盗みをやるってことになるじゃないですか」

「いや、すでに七百万円を盗んだと思われているんだ。同じことさ」

「夜間、本社のビルに出入りすることは、困難ですしね。経理課はしかも、七階にあるでしょう」

「非常階段のドアは、内側からならノブのボタンを押して自由にあけることができる。つまり、逃げ口はあるわけだ」

「はいるときは、どうするんです」

「昼間のうちに、堂々とはいり込むよ。あのビルは、陸進不動産だけが占領しているわけではない。五つの会社の事務所があって、千人以上の人間が働いている。昼間のうちにはいり込むのは、簡単だろう」

「夜になるまで、どこかに隠れているわけですか」

「どうだね」

「しかし、酒巻さん、やめてくださいよ。お願いですから……」

谷は、情けなさそうな顔をした。まるで自分のことのように、哀願しているのだ。

「給料を盗まれてはと、心配なのかね。安心したまえ。盗まれても、社員の給料は間違いなく支払われるよ」

「そんなことは、わかっています。ぼくは酒巻さんのことを案じているんですよ」

「それはありがたいけど、どうやら彼女がいらしたようだよ」

酒巻は、店の入口近くに立っている若い女の姿に気づいて、そう言った。女はニコリともせずに、こっちへ視線を向けていた。真紅のハーフ・コートを着ている。なるほど、知的な美貌であった。

谷は、慌てて立ち上がると、女のほうへ大股に歩いていった。だが、途中から何かを思いついたように、急いで引き返して来た。

「頼みます。思い留まってください。いいですね、酒巻さん」

谷は、酒巻の耳許でそう囁いた。酒巻は、何も答えずにいた。谷は振り返りながら、再び女のほうへ近づいていった。谷公三郎は、ひどく心配げであった。

酒巻のためを思っているのか、それとも罠にかかったのか。谷と女は、階段をのぼっていった。酒巻の視界から、腰を振る肉感的な女の後ろ姿が消えた。

4

女中が去ると、根岸優美は顔を伏せて照れ臭そうにアーム・チェアのあちこちを撫で回したりした。いよいよ、酒巻とふたりきりになったのだと、意識し始めたのだ。

十九歳の現代娘は、確かにもの怖じしない。割り切った考え方をするし、はっきり自分の主張を行動に表わす。しかし、それには多分に、虚勢というものが作用している。

だから、直接関係のない人間に対しては、大胆に振る舞う。しかし、自分の気持ちを深く瞶められるような状態におかれたりすると、妙に弱気になる。

根岸優美も、そういう女だった。ものの考え方に、狂ったようなところがある。礼儀知らずだし、勝手なことばかりしている。享楽を求めて、よく遊ぶ。そのくせ、誰もいないところだと不思議と常識的なのである。

根岸優美は、自分があまり魅力的でないことを知っている。それだけに、無軌道で奔放な遊び方をするのだった。七百万円を盗んで、知らん顔をしていられるようなところが、彼女には充分にあった。

この根岸優美が入社以来、酒巻に動物的に惹かれていたということに、彼は気づいていた。しかし、酒巻は相手にしなかった。彼女のことを、頭から無視していた。

ただ大柄というだけの肢体で、腫れぼったい瞼、左右がアンバランスな目、低くて大きい鼻、厚ぼったい唇。歯の白いのが取柄の根岸優美には興味も持てなかったのである。

それに、彼女と並んだ席に、朝井京子がいる。何も根岸優美の望みを叶えてやる必要も、義理もなかった。酒巻はできるだけ、彼女と言葉を交わさないように努めていたのだ。

やがて、根岸優美が浦辺課長と特別な仲になったということが、経理課内だけの空気で明らかになった。別に、恋愛感情があって、ふたりは結ばれたわけではない。

浦辺課長は、根岸優美が十九歳という若さに興味を持ったのだろう。一度だけの、浮気ですませるつもりだったのだ。

根岸優美のほうは、酒巻から相手にされないし、なんとなく面白くなかったのだろう。貞操堅固という女でもないし、三十八歳の課長の遊び方にも好奇心を抱いたのだ。

浦辺課長には、十九歳の部下と関係したという弱味ができた。根岸優美は、三十男のテクニックがまんざらでもなかった。そんなことで、ふたりは一方がその気になるとホテルへ行くという関係を続けてきたのであった。

根岸優美は、初めて酒巻からの誘いを受けると、まるで身体をすり寄せて来る猫のように素直に従った。利用されることを、承知の上なのかもしれない。

この原宿にある旅館に来るまでは、少女のようにはしゃぎ続けた優美だった。旅館へはいるときも、彼女は酒巻の腕に手をかけて、堂々たるものであった。

「わたし、洋間のほうが趣味なの」

案内の女中にそう注文をつけたのも、優美のほうだった。それなのに、酒巻とふたりきりになったとたん、彼女は急に弱々しくなってしまったのである。

奥は寝室いっぱいに、セミ・ダブルのベッドが据えてある。六畳の次の間にはテーブルと、二脚のアーム・チェア、それに冷蔵庫があった。

「風呂へはいって来いよ」

酒巻は、仏頂面で言った。

「あなた、先に……」

優美は、ことさらに控え目な態度をとった。

「いいから、はいれよ」

「じゃあ……」

優美は立ち上がると、逃げるように浴室の中へ消えた。そんな彼女を見ていると、なんとなく滑稽になった。いつものふてぶてしさが、嘘のようである。

そんな可愛いところのある根岸優美に、七百万円を盗んで知らん顔をしているような芸当が、はたしてできるだろうか。いや、そんなものの見方をしてはならないのだと、酒巻は自分を叱った。

長い間、肉体関係にある朝井京子さえ、疑ってかかっているのである。しかも、いまだに京子はそんな女ではないと、確信を持って言えずにいる。

ましてや、何を考えているのか見当もつかないような無軌道娘を、信ずるほうがどうかしている。出来心で盗みを働くというのは、優美みたいな女にこそ、ありがちなことであった。

金が欲しい、外国へ行って暮らしたい、というのが優美の口癖だった。彼女の家は両親がともに働きに出ているくらいだから、貧しいのに違いない。

「お湯、入れといたわ」

浴衣（ゆかた）に着替えた優美が浴室から出て来て、そう告げた。

「じゃあ、おれも浴（あ）びるか」

酒巻は背広を脱（ぬ）ぎながら、浴室へ向かった。室内は暖房で、汗ばむくらいに暑かった。

身体を洗うこともないし、湯につかるだけで充分だった。

浴室には、小さな窓があった。湯気で曇っているガラスに明かりが映っていて、初めていまは夜なのだという気がした。酒巻は、湯につかった。

「ねえ、話してもいい」

ドアの外で、優美の声がした。ドアのガラスに、彼女の全身が浮かび上がっている。

「なんだい」

湯の中で、退屈だから話の相手をしてもいいと、酒巻は思った。

「あなた、七百万円が消えた一件について、どう思っているの」

「さあね」

「わたし、思うんだけどね。あの七百万円はまだ、経理課の部屋のどこかに隠してあるんじゃないかと思うの」

「そんなことはないだろう」

「もう、犯人が取り出して持ち去っちゃったかもしれないけど、それはあの事件の翌日だと思うわ」

「つまり、事件当日には、七百万円は経理の部屋から運び出されなかった、と言いたいんだな」

「うん」

「どうしてだ」

「だって、あの七百万円は計画的に盗んだんじゃないのよ。たまたま、あの日の朝になって、副社長が金庫へ入れたお金なんですからね」

「出来心っていうやつさ」

「出来心で盗んだ七百万円を、いったいどこへ持って行くっていうのよ」

「七百万円が消えたことは、その日の午後になってわかったんだから、家へ持ち帰る暇もなかった」

「ビルの外へ持ち出しても、とっさの場合に隠すところがないわ。いきなり銀行へ持って行くわけにもいかないし、またそれだけの時間、席をはずしていることもできない」

「当日はいったん、どこかに隠して翌日にでもなってからそれを取り出して、家へ持ち帰ったというのか」

「とすれば、経理の部屋のどこかに隠しておくというのが、いちばん安全じゃないの」

「しかし、あのとき経理の部屋は徹底的に調べたはずだ。それでも、一万円札一枚も見つからなかったんだぜ」

「だから、誰の目にもつかない隠し場所が、あったということにもなるのよ」

「君は知らないのか」

「知っているわけないでしょ」

優美は、怒ったような口調で言った。彼女はなぜ、そんなことに関心を示すのか。自分が犯人でないことを強調しているつもりなのか、それとも何か裏があってのことなのだろうか。

「さあ、肝腎（かんじん）なことを聞かせてもらうとするか」

バス・タオル一枚だけの姿で浴室を出ると、酒巻は真っ直（まっす）ぐベッドへ向かった。彼はそのまま、ベッドに倒れ込んだ。優美が、冷えたビールのコップを差し出した。

「金庫のことね」

優美は、高価な宝石を見るような目で、酒巻の裸身を眺めやっていた。

「浦辺課長代理は、喋ってくれたんだろう」

「うん」

「さあ、教えてくれ」

「以前と、変わってないそうよ。ただ三月から、金庫そのものを新しくするんですって

……」

「本当か」

「わたしが、あなたに嘘をつくはずがないでしょ」

「よし、信用しよう」

「でも、あなた本当に給料を盗み出すつもりなの」

「いけないか。君だけに、打ち明けた話なんだぜ」

「ううん、わたしは反対しないわよ。カッコいいじゃないの」

「カッコいいか」

「そんな話を聞いていると、わたし興奮してゾクゾクしてくるの。ますます、あなたが好きになっちゃうわ」

優美はとびかかるようにして、ベッドの上の酒巻にしがみついた。早くも陶然となった目で、呼吸が乱れ始めていた。

「わたし、あなたを一目見たときから、ジーンと来ちゃったの。外人みたいに大きなあなたに、抱かれてみたかったの」

優美は浴衣の下に、何もつけていなかった。いったいこれで優美は罠にかかったのだろうかと、酒巻はうんざりした気持ちになった。

5

浦辺正彦は、最初から逃げ腰だった。虎ノ門周辺は車ばかりではなく、出勤を急ぐ人々のだった。
で大変な混雑である。ともすれば浦辺は、その人の流れに便乗して立ち去ろうとしている

そうはさせまいとして、酒巻は浦辺正彦を歩道から開店前の銀行の入口近くへ引っ張り込んだ。すぐそばを、ベルト・コンベアーで運ばれる品物みたいに、人の流れが続いている。虎ノ門からやや溜池(ためいけ)寄りのところに、陸進不動産本社のビルがある。

「ねえ、もう会社に遅れちゃいますよ」

浦辺正彦はメガネの奥で、泣き出しそうに目をクシャクシャとやった。オーバーに手袋をして、それでもなお寒そうに背を丸めている。

「大丈夫ですよ。課長代理。まだ、八時四十分だ。二十分もあります」

酒巻は、ゆっくりと首を振った。

「しかし、始業十分前には出勤するというのが、ぼくの主義だから……」

浦辺課長代理は小柄な身体を、足踏みするように小刻みに動かした。

「よく、わかっています。しかし、それは課長だった頃の、習慣じゃないですか。いまは、課長代理なんでしょう」

酒巻は、かつての上司が吹けば飛ぶような存在であるように思えて仕方がなかった。

「とんでもないよ、酒巻君。課長代理に格下げされただけに、必要以上の神経を使うんじ

やないか」

「まあ、そんなことはどうでもいい」

「いったい、ぼくにどんな用があるというんだね」

「あなたはまた、どうしてぼくから逃げたがるんです」

「逃げるつもりはない。いまは、急いでいるんだ」

「課長代理は例の七百万円の一件で、何か良心が咎めるところがあるのと違いますか」

「何を言うんだ」

「御木本さんやぼくの顔を真っ直ぐ見られないような……」

「とんでもない。そりゃあ、あんたたちのことは気の毒だと思っているが……」

「だったらそう、冷たくしないでくださいよ」

「いや、実はだね。ああいう事件のあと、ぼくとあんたがコソコソ話しているのをうちの社員に見られたら、変なふうに思われないかと……」

「わが身が潔白なら、何を恐れる必要もないでしょう。それにね、浦辺さん。ぼくには、このままですませる気持ちはないんです」

「どうするんだね」

浦辺は、ギクリとなった。

「いまに、大変なことになりますよ」

酒巻は、ニヤリと笑った。

「大変なこととは」

「たとえば、二十三日の夜、会社で、ある事件が起こるかもしれません」

「本当かね」

「まあ、警察がいろいろ調べてくれるでしょう」

「いったい、何が起こるんだ」

「あなたが潔白である限り、あなたにはまったく関係のないことですがね」

「どうも、よくわからない」

「じゃあ、そろそろ解放してあげましょうか。もう、九時十分前ですからね」

と、酒巻は銀行の入口のシャッターに凭れかかって、ゆっくりとタバコをくわえた。浦辺は一瞬、茫然と立ちすくんでいた。だが、彼はすぐ気を取り直したように、酒巻に背を向けた。

「さようなら、課長代理さん」

酒巻は、笑いながら声をかけた。浦辺は振り向いて酒巻を睨みつけてから、人波の中へ紛れ込んだ。

これで、全部に罠を仕掛けたことになる。あとは二日後の、二月二十三日の夜を待つだけであった。そう思うと、酒巻は全身から力が抜けていくような疲れを感じた。

彼は四人の男女に、二月二十三日の夜、千五百万円の給料を奪うと宣言した。浦辺課長代理だけには、具体的な説明をしなかった。これは、浦辺が立場上、会社に忠誠を誓うというだけの理由で、酒巻の企てを上司に報告することを恐れたからである。

それで、警察沙汰になるような事件が起こるとだけ、予告しておいたのだ。それなら、浦辺も上司に報告のしようがないだろう。同時に、もし浦辺が七百万円を盗んだ犯人であれば、酒巻が期待するように動かざるを得なくなるだけの効果は発揮するはずだった。

酒巻が、千五百万円の給料を奪う。これは当然、事件になる。れっきとした盗難事件だから、会社も新聞に報道されることを恐れたりはしない。

警察が、捜査に乗り出す。そうなれば、半月ほど前に七百万円が盗まれたという事件のあったことが、すぐ捜査当局の耳にはいる。七百万円を盗んだ犯人が最も恐れるのは、そうなることなのだ。

犯人は、そうなることを防ごうとするだろう。それには、酒巻に千五百万円の盗みをさせないことだ。なんとかして、酒巻の犯行を阻もうとするに違いない。

酒巻を、説得することは困難である。言葉では、思い留まらせることができない。犯人としては、実力で酒巻の犯行を阻止するだろう。

二月二十三日の夜、犯人は酒巻とともに陸進不動産の本社ビルに侵入する。そして、酒巻が予告どおり、給料を盗み出そうとしていることを確認してから、彼に襲いかかる。

犯人にしてみれば、酒巻を殺すほかはないのである。襲いかかって制止するだけでは、自分が七百万円を盗んだ犯人だと名乗り出たのも同然なのだ。襲いかかった以上は、酒巻を殺そうとするに違いない。

酒巻は、そうと予期している。襲って来た犯人を逆に取り押さえるというのが、彼の狙いだった。大男の酒巻である。腕力には自信があった。

酒巻は千五百万円の給料を盗み出す計画を、他言無用とそれぞれに打ち明けている。聞かされた人間は、自分だけが知っていると信じているに違いない。

そのうちのひとりである犯人も、それだけに安心して酒巻を殺そうと考えるだろう。酒巻と自分だけが知っている計画だから、彼を殺しても発覚する恐れはないと計算するのが当然である。

犯人以外の連中は、あくまで傍観者でいることだろう。酒巻の身を案じながらも、結局はどうすることもできないのだ。様子を見に行くという勇気は湧かないに違いない。

警察へ内密に通報して、酒巻を逮捕させるといったことも、彼らは避けるだろう。自分だけが知っている秘密と思えば、自分が通報者だとすぐわかるようなことはしたくないものである。

七百万円を盗んだ犯人だけが、じっとしていられないわけだった。酒巻に、火をつけられたくない。絶対に犯人は、二十三日の夜、姿を現わすと酒巻には自信があった。

改めて、四人の男女の顔を頭に描いてみた。二十三日の夜、このうちの誰と対決するのだろうか。酒巻には、まったく予測できなかった。

朝井京子。

彼女は、酒巻にやめろと言った。口でとめても効果はないとわかっていても、犯人ならまず思い留まらせようとする。何事にも無関心な彼女が、今度のことに限ってはひどく熱心だった。

谷公三郎。

彼もまた考え直すように、繰り返し忠告していた。犯人なら、当然のことである。それに、彼は陸進不動産をやめると洩らした。犯人であれば、早々に陸進不動産と縁を切ったほうが無難である。

同時に、それだけの余裕があるということが、どうも気に入らない。しばらくは、旅行でもして、のんびりするつもりだという。彼にはすぎるくらいの、愛人もできたらしかった。

根岸優美。

彼女だけは、酒巻の計画に反対しなかった。カッコイイなどと喜んでいた。しかし、だからと言って、彼女が犯人でないということにはならない。

犯人であれば、酒巻を油断させるために、逆に仕掛けたりするかもしれない。酒巻には特別素直だったし、ベッドで示した狂態にも裏があると、考えれば考えられるのであった。

浦辺正彦。

善人なのか悪人なのか、どうもよくわからない男である。会社に忠実で小心なサラリーマンとも受け取れるし、その反面、七百万円を盗み、その責任を部下に押しつけて平然としていられるような冷酷さも、彼からは感じられるのであった。

四人とも、昨日や今日の知り合いではない。浦辺とは四年、谷とは二年、同じ経理課でともに過ごした間柄である。京子とは、夫婦にも近い関係にあった。

それでいて、信ずることができないのだ。どういう人間であるか、まったく理解できないでいる。会社の同僚も恋人も友人も、何か事があったとき、その正体は靄がかかったようにわからなくなる。人間とは寂しいものだと、酒巻は思った。

いずれにせよ、罠は仕掛けられた。その罠にかかるのは、四人の男女のうちの誰なのだろうか。

6

二月二十三日の午後四時に、酒巻は虎ノ門にある陸進不動産本社ビルへ正面入口からはいり込んだ。

ウロウロしてはいられなかった。陸進不動産の社員と、顔を合わせたくなかったのである。彼は、真っ直ぐエレベーターの乗り場へ向かった。

エレベーターに乗る。酒巻ひとりであった。彼は手にしている紙袋の中を、改めて点検した。懐中電灯、週刊誌二冊、予備の電池、サンドイッチ一包。用意したものは間違いなく揃っている。

酒巻は八階まで行った。八階には、事務所が少ない。名目だけの会社の事務所があって、八階には人が少ないということは、前々から評判であった。

酒巻はこの八階の洗面所に、半年ほど前から「使用不能」の札がかけてあるトイレがあることを知っていた。彼は、いちばん人が少ない八階の、「使用不能」のトイレの中で時間が来るのを待つつもりだったのだ。

その洗面所に、人影はなかった。大便用のボックスが、六つ並んでいる。いちばん奥のボックスに「使用不能」の札がかかっていた。

酒巻は、そのボックスの中へはいった。内側から鍵をかけた。これで、声さえ出さなければ、絶対の安全圏であった。彼は一隅（いちぐう）のタイルの上にすわり込んだ。

ボックスの中は、それほどせまくなかった。長い間使ってないので、便器は汚れていないし臭気もなかった。ただ、寒くて仕方がなかった。

タイルにじかにすわっているのだから、すぐ冷え込んできた。それに、ドアの下に十センチほどの隙間があるし、頭上も吹き抜けだった。

酒巻は、週刊誌を開いた。だが、落ち着いて読めるという心境ではなかった。いろいろなことが、気になるのである。犯人は、罠にかかっただろうか。

罠にかかったとすれば、犯人もまたいま頃は、このビルのどこかに隠れているはずだった。誰がどこで、どんな隠れ方をしているか。酒巻は考えをめぐらさずにはいられない。

洗面所へは二度、人がはいって来ただけだった。一度目のときは、ひとりであった。靴音が急ぎ足ではいって来て、小用をたすとまた走るようにして出て行った。

二度目は、ふたり連れだった。何か話し合いながらはいって来て、用をすませている間も喋り続けていた。大声で笑いながらふたりが去ったあと、洗面所は海の底のように静かになった。

隣りが女子の洗面所であった。たまに、水を流したあとパターンとドアがしまる音が響いたりした。とにかく、ビルの中がこんなにも静かだということは、酒巻もこれまで知らなかった。

やがて、ひとしきり廊下が騒がしくなった。終業時間が来て、事務所の人間たちが帰って行くのだ。洗面所に寄る者も、何人かはいた。だが、短い時間であたりは、前よりもなお静かになった。

それから二時間ぐらいは、まだ人の気配が感じられた。思い出したように、靴音が廊下を通りすぎたりした。仕事の都合で、遅くなった連中なのだろう。

遠くで、大きな音が聞こえることもあった。あたりが静かなので、ちょっとした音が大きく反響するのだ。女の笑い声が、一瞬で消えたりもする。

ビルの中が死の世界のような存在になったのは、八時をすぎてからであった。ボックスの中は、真っ暗であった。酒巻は闇の中で、サンドイッチを食べた。

何も見えないせいか、便器を前にしてサンドイッチを食べても気持ち悪いとは感じなかった。彼は食後の一服をすませてから、ゆっくりと立ち上がった。

鍵をはずした。カチンという音が、途方もなく大きく聞こえる。懐中電灯をつけて、ボックスから出た。薄明るくなっている廊下が見えた。

廊下には間隔を置いて、常夜灯がついているのだ。歩きながら、さすがに酒巻は緊張していた。犯人の目がどこかで光っているような気がするのだった。

守衛の見回りは、二時間置きに七時から始められる。いまから九時までの間は、その点で安心だった。酒巻は、七階へ靴音を忍ばせて階段伝いに降りた。

中央に、広い廊下がある。そこから左右へ、三本のやや幅のせまい廊下がのびている。酒巻は、三本目の廊下を左へ折れた。突き当たりに、非常口がある。

非常口の右側が陸進不動産経理課の部屋であり、反対側が秘書課であった。その手前に横に走る通路があって、廊下は十字路になっていた。

角に、飲料水のボックスがある。酒巻は、経理課のドアの前に立った。「経理課」という標識が懐かしく、「部外者無断入室厳禁」と書いた貼り紙もそのままだった。

もし、酒巻が本気で千五百万円の給料を盗み出すのだとしたら、実はこの部屋のドアが最大の難関だったのである。このドアの鍵を手に入れることは、不可能であった。

しかし、ぼんやり突っ立っているわけにもいかなかった。犯人の手前、経理課の部屋の中へはいり込もうとしていると、見せかけなければならない。

酒巻は、ドアの前にしゃがみ込んだ。鍵の状態を調べるような恰好をしながら、彼は全神経を背中に集めた。こっちへ向けられている視線を、感じ取ったのである。

誰かいる。こっちの様子を窺っている。飲料水のボックスの陰で、黒いものが動いた。まったく微かだが、ジャリジャリっと靴の裏で砂をこするような音がした。

どうしたらいいのか——。

酒巻は、迷った。背筋を悪寒が走り、全身が総毛立った。どうせ、ドアの鍵はあかないのである。いつまでも、演技を続けているわけにはいかない。

こっちから、攻撃を仕掛けるほかはなかった。

酒巻は、ゆっくりと腰を伸ばした。飲料水のボックスに近づいて、ペダルを踏んだ。冷たい水が噴き出した。それを口で受けながら、彼は目を床に落とした。

相手は、あまり用心深くなかった。廊下に、淡い人影が伸びていた。それに気づかずに、隠れているつもりなのである。そんなことがわかると、酒巻の恐怖感がいくらか薄れたようだった。

相手は、左側にいた。影の形で、正確ではない。常夜灯との距離とその角度のせいで、妙に寸づまりな影である。淡いし、それで隠れている人物が何者であるかを判断することは、できなかった。

酒巻は、角のギリギリのところまで、近づいていった。耳をすますと、相手の息遣いが聞こえてきた。彼は思い切って、廊下の真ん中へ飛び出した。

左側の壁に吸いついているような人影があった。不意を衝かれて逃げる暇もなく、その人影は動くこともできなかった。酒巻は夢中で躍りかかった。

誰であるかを確かめるより、まず摑まえるほうが先決であった。酒巻は、相手を腕の中に抱え込んだ。温かく柔らかい感触というのが、手ごたえであった。

「おとなしくしろ」

酒巻は、低い声で言った。経理課の部屋の前へ引きずられて行きながら、相手は弱々しく抵抗しただけであった。

「許して……」

ベルトつきのコートを着て、スカーフをかぶった女はついに悲鳴を上げた。根岸優美の声だった。

「お前か……」

酒巻は犯人が優美であったことが意外なようにも思えたし、また当然だという気にもなった。

「痛いわ」

優美は、一瞬力を抜いた酒巻の手を振り払うと、非常口のほうへ逃げた。だが、ノブについているボタンを押してドアをあけたところで、彼女は再び酒巻に両肩を摑まれた。

冷たい風とともに、夜の都会の騒音が羽虫の集団のように舞い込んで来た。ふたりは自然に、非常階段の踊り場で対峙する恰好になった。

見渡す限り、ネオンと照明の絢爛たる情景であった。左手に赤坂周辺、右手に新橋から銀座にかけての豪華な夜景が広がっていた。はるか下の路上を車が走っている。対決の場に相応しい周囲の景観であった。

「悪い女だ」

酒巻は、優美を燃えるような目で見据えた。

「ふん……」

優美は肩を振り、鼻を鳴らした。この期に及んで、不貞腐れたようであった。

「なんだ、その態度は……」

「なによ。自分だって、悪い野郎じゃないの。人のことが言えますかってんだ」

「おれは、七百万円を盗んでその罪を同僚になすりつけて知らん顔しているような悪い女から、とやかく言われるようなことはしていない」

「まるで、わたしがあの七百万円を盗んだみたいな言い方をするじゃないのさ」

「そのうえ、今夜おれを殺すつもりで、ここへ来たんだろう」

「あんたを殺す？」

「そうだ」

「どうして、わたしがあんたを殺さなければならないの」

「まんまと罠にかかったくせに、とぼけても仕方ないだろう」

「罠だって？　どうもよく、わかんないな」

「まあ、いいさ。とにかく七百万円を盗んだって認めれば、それで充分だ」

「冗談じゃないわ。七百万円を盗んだって認めるなんて……」

「まだ、シラを切るつもりか」

「あんた、何か思い違いしているわ。七百万円を盗んだとか、罠だとか、わたしがあんたを殺しに来ただとか……。どうやって、女のわたしに大きなあんたを殺せるんだか、教えてよ」

「何か、物騒(ぶっそう)なものでも、用意して来ているんだろう」

「とんでもない。ほら、わたしバッグしか持ってないわよ」

優美は、両手を高く差し上げた。なるほど、彼女の持ち物は小型のバッグだけであった。その顔も、思ったより平静である。追いつめられた犯人という感じではなかった。

「じゃあ、君はいったい、ここへ何をしに来たんだ」

酒巻はなんとなく釈然としない気持ちになって、口調も穏やかなそれに改めた。

「わたし、本当のことを言うと……」

と、優美は細い目を、パチパチさせた。

「七百万円を盗んだのは、あんただって睨んでいたのよ」

「それで？」

「だから、あんたから給料を盗み出すって話を聞いたとき、それは口実だなって思ったの」

「なんのための口実だ」

「つまり、経理課の部屋のどこかに隠してある七百万円を取り出しに行くための口実よ」

「馬鹿馬鹿しい。そうだったら、金庫のあけ方を浦辺から聞き出させたりする必要なんかないじゃないか」

「どうせ、わたしは馬鹿な女なのよ」

「それで、おれが七百万円を取り出す現場を押さえて、どうするつもりだったんだ」

「半分もらおうと思ったの」

優美は、酒巻に背を向けた。どうやら、嘘ではないようである。そう言えば、七百万円がいまだに経理課の部屋のどこかに隠されているのではないかと、しきりに強調していた。

　優美は、罠にかかった獲物ではなかったのだ。獲物はほかにいる。しかも、優美という飛び入りのお陰で、その獲物は逃げてしまったかもしれないのである。

　酒巻は、拍子抜けしてしまった。風が、急に冷たくなったような気がした。華やかな夜景も彼の目には、なんとなく虚ろで侘しいもののように映じた。

「でも、あんたは何かほかの目的があって、ここへ来たのね。罠とかなんとか言っていたけど……」

　酒巻に背を向けたまま、優美が言った。

「犯人を捕まえるつもりだったのさ」

　酒巻は、投げやりな答え方をした。

「すると、七百万円を盗んだのは、あんたではなかったのね」

「当たり前だ」

　優美も酒巻も、非常口のドアに背を向けて立っていた。だから、ふたりの背後に近づいた黒い影には、まったく気づいていなかった。気づかれたら、大男の酒巻を簡単に突き落とすことはできなかったはずである。

酒巻は背中を強く突かれ、続いて足をすくわれた。非常階段の踊り場の柵は、彼の腰ぐらいまでの高さだった。酒巻は頭から突っ込むようにして、宙に飛び出していた。

それに気づいたとき、優美もまた同じような衝撃を受けて空間に浮いていた。酒巻と優美は短い悲鳴を残して、闇の中へ吸い込まれていった。

7

翌日の夕方六時に、御木本平吉は湯島三丁目にある自分の家へ帰って来た。今日もまた、パチンコでつぶした一日だった。家族たちは、会社から帰って来たものと信じ込んで、彼を迎えるのだった。

ゴミゴミと古くて小さな家が密集している中で、去年の春に一部を改築した平吉の住まいは、まあまあ目立つほうであった。それでも六畳二間と四畳半の平屋建てでは、大きくなった子どもたちを含めた六人家族にはせますぎた。

四畳半に二十になった長女、六畳に十八歳の長男と十五歳の次男、それに十三になる次女が寝る。すると、夫婦は置いたものを片付けて茶の間に使っている六畳を、寝場所にするほかなかった。

平吉は、丹前に着替えると食膳についた。六人家族が揃っているが、口をきく者はいない。忙しく、飯を掻っ込んだり汁をすすったり、漬け物を噛んだりする音が聞こえるだけだった。

いつもそうだが、今夜は特に重苦しい食事の時間であった。今朝、父親の同僚だった酒巻伸次と根岸優美が死んだことを新聞で知って、家族たちはなんとなく気が重いのである。

特に、酒巻はこの家にもよく遊びに来ていたし、家族全員の知り合いだった。やはり、知り合いの死は、悲しいことであった。言葉には出さなくても、十三歳の次女さえそう感じているのだ。

酒巻と優美は自殺したものとして、新聞に扱われていた。心中である。酒巻はある事情で最近会社を馘になり、同僚だった優美がそれに同情、勤め先の非常階段のいちばん上から飛び降りたものらしいと、ニュースは報じていた。

「でも、酒巻さんが会社を馘になったなんて話、ついぞ聞かなかったわね」

思い出したように、平吉の妻が言った。

「われわれも知らなかったんだ。酒巻君は、休んでいるんだとばかり思っていた」

平吉は妻の視線を避けるように、汁の湯気の中に顔を伏せた。

「それで、お葬式はいつなの」

「さあね」

「会社の人たちで、まとめて香典を出すの。それとも、あんたひとりだけで出すつもりなの」

「会社の連中とも、まだそのことを相談してないんだ」

平吉は、オドオドと答えた。会社のことを言われるのが、何よりも苦しかった。

このとき、玄関の戸があくような音がした。ふと家族たちは顔を見合わせて、次の瞬間、一斉に腰を浮かせた。いきなり、茶の間の襖があいたのである。

侵入者は、朝井京子だった。ブルーのコートが、まるで風のように舞い込んで来たみたいだった。一同は唖然となった。平吉を除いては、京子の顔を知らなかった。

「テレビ、テレビよ、テレビだわ！」

朝井京子が、部屋の隅にあるテレビを指さして叫んだ。家族たちは、ただ呆っ気にとられているだけだった。だが、平吉は違った。彼は重大なことに気づいたように、愕然となって立ち上がった。

平吉はそのまま、京子を部屋の外へ押し出した。さらに、玄関の外まで京子を引っ張り出したとき、平吉は紙のような顔色をして彼の全身が夜目にもはっきりと震え続けているのがわかった。

「やっぱり、御木本さんだったのね」

京子も、蒼白な顔をしていた。

「頼みます、見逃してやってください」

蚊の鳴くような声で言って、平吉は深々と頭を垂れた。

「あなた、盗んだ七百万円をいったん、経理課の部屋のテレビの中に隠したのね」

「は、はい……」

「キャビネットの中には、かなりの空間があるものね。わたしも、とっさの場合の隠し場所は、テレビのキャビネットの中しかないと思ったわ。翌日の朝早く来て、誰もいないところで七百万円を取り出し、馘になって悄然と会社を出て行くあなたの鞄の中には、実は七百万円がはいっていたんでしょ」

「いまも、七百万円は家のあのテレビのキャビネットの中に隠してあるんです。あのテレビは故障して、もう使い物にならないもんですから……」

「でも、あと一年で無事に停年退職するはずだったあなたが、あんな盗みをして退職金もフイにしてしまうなんて、誰も思わなかったでしょうね。わたしも、酒巻さんのほうを疑っていたのよ」

「来年、停年退職します。その先、わたしなんかにいい働き口があるはずはありません。しかし、考えてみてください。子どもたちはまだ、一人前じゃないんです。高校生と中学生なんですよ。退職金だって、全額もらえるわけじゃありません。去年この家を改築するとき、退職金払いで会社から金を借りているんです」

「全額もらえない退職金より、七百万円の先どりのほうが得だったというわけね」

「来年に退職するわたしにとっては、七百万円がどうしても必要だったんです」

「わかったわ」

この実直で愚鈍で、小心者のサラリーマンは、何十年も言いたいことも言えずに過ごしてきた。だが、最後の土壇場に追いつめられたとき、ロバのような平吉も猛牛となって望むところを行動で示したのである。

「お願いです。朝井さん。この哀れな男を、見逃してやってください」

平吉は、京子の手をとるようにして言った。

「駄目よ」

京子は、冷ややかに平吉の手を振り払った。

「七百万円を盗んだだけだったら、見逃したかもしれないわ。でも、あなたはあの人を殺したのよ。伸次さんを、わたしから奪ったんだわ」

京子は、酒巻を疑っていた。しかし、京子がテレビと叫んでも反応を示さなかったことから、彼の無実を信ずるようになった。千五百万円を盗むというのは酒巻の強がりであって、そのときが近づけば思い留まるだろうと甘く考えていたのが間違いだった。

前の男との関係で妊娠し、中絶手術のあと腹膜を悪くして受胎(じゅたい)能力を失ったと医師に宣告されて、結婚することは断念した京子だった。しかし、酒巻を愛していたには違いないのである。

御木本平吉が、声を上げて泣き出した。冷たい風が激しくなり、粉雪が舞い始めた。風が鳴り、雪が流れた。京子は白い悲鳴の中を、ゆっくりと歩き出した。

落日(らくじつ)に吼(ほ)える

1

大東商事のミュンヘン駐在員戸部秋彦は、東京本社から至急帰国せよという連絡を受け取った。ただそれだけで、帰国の理由については触れていなかった。とくに気にすることはないと、戸部秋彦は思った。

毎度のことである。世界の二十一の都市に駐在員を置いている大東商事のように大手の一流商社ともなると、社員の異動に関してはひどく冷厳である。指令一本で、容赦なく社員を世界のあちこちへ動かすのだ。

所長以下三人の同僚と別れを惜しむ暇もなく、戸部秋彦は空路日本へ向かった。日本へ帰国するのは、三年ぶりであった。もっとも、そのときだって、次の勤務地へ赴任する途中、一週間の休暇をもらって日本に滞在しただけだった。

アムステルダムに三年、カラチに二年、そしてミュンヘンに三年と、八年間も海外で過ごしたのと変わりなかった。今度の帰国も、おそらくバンクーバーあたりへ行かされるためのものだろう。

戸部秋彦は、三十六歳になる。大東商事に入社すれば、ほとんど外国で過ごすことになるだろうとは、最初からわかっていた。いわゆる商社マンのタイプだったし、英、独、それにスペイン語と三カ国語をマスターしていたからである。

はたして四年ほど東京本社に勤務しただけで、あとは海外駐在がずっと続いていた。彼はいまだに、独身である。無理もなかった。二十八歳以後の結婚適齢期を、外国で過ごしているからだった。

女には、不自由しなかった。秋彦は万国共通の美男子だったし、気前がよくてさっぱりしている日本人の気質がモテる原因となった。彼は黒人を除いて、世界のあらゆる国の女と関係していた。

黒人でも混血なら、抱いたことがある。あらゆる国の女と遊んでいれば、興は尽きない。しかし、あくまで遊びの相手である。結婚するなら、やはり日本人の女であった。

そうしたことで結局は、三十六歳になってもまだ独身でいるという始末を招いてしまったのだ。いまではもう、日本人の女と結婚することも億劫になっていた。一生独身で通すのもいいと、思うようになった。

長年海外に駐在していても、彼がホーム・シックにかからなかったのは、日本に自分の家庭というものがないからである。妻子がいないだけではなく、彼は両親を大学卒業当時に相次いで亡くしている。

日本に帰っても、秋彦を温かく迎えてくれる家庭も家族もないのだ。だから日本に滞在中はホテルか、大東商事の独身寮で過ごすのがいつものことだった。

肉親は、ひとりだけいる。兄の戸部公平であった。公平は秋彦より九つも上の、四十五歳であった。兄弟仲はよかった。しかし、男の兄弟というものは、互いにうまくいっていればそれ以上のことは望まない。

女のように、会いたい見たいとは思わなかった。気持ちが通っていれば、それでいいのである。手紙のやりとりはちょいちょいしているし、帰国したときに一緒に飲むという程度で充分だった。

兄の公平は、花と植物のことならなんでもご注文を、という宣伝文句で知られている『セントラル花壇』の東京営業所の副支配人であった。少々変わっている公平だが、弟思いの兄であることは確かだった。

北極回りの日航機が羽田空港に到着したのは、日本時間の七月二十四日午前十一時二十分であった。戸部秋彦はまず何よりも先に、背広の上着を脱いだ。湿気のある蒸し暑さが、やりきれなかったのだ。

国際線のロビーに、大東商事の社員が三人ほど迎えに来てくれていた。と言っても知っている顔は人事課長次席の杉下(すぎした)だけで、あとのふたりは見たこともない若手の社員であった。

それにしても、親切なことだと戸部秋彦は思った。帰国したら本社へ直行するのが、これまでの常であった。わざわざ人事課長次席が迎えに来ているのは、珍しいことだった。秋彦は、いやな予感がした。

「どうも、ご苦労さん……」

杉下課長次席が、弱々しく笑った。もう五十に近いはずだが、杉下は六年前から人事課長次席のポストに留(とど)まっていた。

「ただいま帰りました。わざわざ、恐れ入ります」

秋彦は、若い社員たちにも頭を下げた。ロビーは、送迎の風景をあちこちで展開してまるで満員の安キャバレーのようにごった返していた。

「車が待たせてあるから……」

杉下課長次席が急(せ)き立てるように、秋彦の背中を押しやった。なんとなく、杉下には落ち着きがなかった。ふたりの若い社員も、ただ黙々とついて来るだけだった。

「今度の帰国は、なんのためです」

秋彦は階段をおりながら、杉下に訊(き)いた。

杉下は、一瞬、暗い眼差(まなざ)しになった。

「今度は、どこへ飛ばされるんですか。バンクーバーか、あるいはリオあたりでしょうかね」

秋彦は、意識的に陽気な口調で言った。

「転任じゃないんだ」

杉下課長次席が、表情を強張(こわば)らせた。

「するとまた、ミュンヘンへ帰るわけなんですか」

「半月後にはね」

「半月後……。それまで、ぼくは何をしているんです」

「何もしなくていいんだ。つまり十五日間の休暇だよ」

「驚きましたねえ。頼みもしないのに、会社が十五日間の休暇をくれるなんて……」

秋彦は、笑った。嬉しくて、笑ったのではない。不安を打ち消すための、虚勢であった。ただごとではない。人事課長次席が空港まで、わざわざ迎えに来ていた。その杉下の態度が、ひどく曖昧(あいまい)なのだ。

休暇をくれるなら、ミュンヘンにいてもいいではないか。帰国を命じておいて、十五日間の休暇をとれというのが不可解だった。やはり、何かがあったのだ。だが、何があったのかは、見当もつかない。

駐車場で、会社の乗用車が待っていた。若手社員のひとりが助手席に乗り、後部座席には秋彦を中にして三人がすわった。高速道路にはいった頃、クーラーが利き始めて車の中は涼しくなった。

「実はだね……」

杉下課長次席が海のほうを見やりながら、重そうに唇を動かした。

「戸部君の気持ちを考えて、理由は言わずに帰国命令を出したんだ」

「いったい、何があったんです」

秋彦は、疲れたような杉下の横顔に目を据えた。

「驚いちゃいかんよ」

「ええ」

「君の兄さんが、亡くなったんだ」

「なんですって！」

驚くなというほうが無理である。秋彦は、思わず腰を浮かせていた。車の中は、シーンと静かであった。杉下は横を向いているし、若い社員や運転手も黙って前方を凝視しているだけだった。

　そんな馬鹿な、と秋彦は思った。実はまだミュンヘンにいて、そんな夢を見ているのに違いない。秋彦は、左右へ目を配った。東京の高速道路を走っていることは、事実だった。とすると、夢ではない。

「交通事故か何かですか」

　秋彦は、唇を嚙んだ。冷静にならなければならないと、自分に言い聞かせた。

「いや……」

　杉下は、みずからの責任を問われているように、深々とうなだれた。

「病気じゃないでしょう。先週の木曜日に、ミュンヘンで兄からの元気だという手紙を受け取ったばかりなんです」

「病気でもない。つまり、一言で言えば変死なんだよ」

「変死……」

「警察では、他殺の疑いありという一部の意見もあるらしいが、自殺だとする見方のほうが強いようだ」

「死んだのは、いつです」

「七月二十日の日曜日で、夜の十時前後ということだった。死体が発見されたのは、翌日だがね」

「死因は？」

「農薬のパラチオンを飲んだんだよ。ウイスキーに入れてね」

杉下課長次席の説明によると、兄の公平は自宅の『荻窪中央マンション』の三階三〇八号室で死んでいたのだという。ダイニング・キッチンの床に、浴衣姿で倒れ込んでいたのである。

テーブルの上には、栓を抜いたばかりのジョニーウォーカーのブラックとコップが置いてあった。ウイスキーはほんの一杯分減っているだけで、毒物は混入されてなかった。だが、コップに残っていたウイスキーから、農薬パラチオンが検出された。

遺書のようなものはなかったが、自殺という見方のほうが強かった。生前の公平は、ジョニーウォーカーのブラックが大好物であった。大好物のウイスキーに毒物を混入して自殺を図るというやり方は、心情的に頷けるのである。

それに、農薬パラチオンは公平が、簡単に入手できる毒物だったのだ。彼が勤務していた『セントラル花壇』は、伊豆に栽培温室、奥多摩に農園を持っている。そこでは、農薬を使用しているのだった。

パラチオンは特定毒物にされていて、農薬の中でも最も毒性の強いものである。しかし、東京営業所の副支配人が農園へ来たりすれば、パラチオンの少量を持ち出すことは容易であった。

他殺と判断できない理由は、ほかにもいくつかあった。ウイスキー全部に毒物を入れないで、コップに注いだものへパラチオンを混入している点も、公平が覚悟の自殺を遂げたことを物語っている。

室内は荒らされてないし、盗みなど行なわれた形跡もなかった。公平が抵抗したり、ウイスキーを飲むことを強制されたりした様子もない。その時間に、三〇八号へ出入りした人間を見た者もいなかった。

部屋のドアには、鍵がかかっていた。もっとも、ノブのボタンを押してドアをしめれば鍵がかかるというものだから、重大な決め手にはならないことだった。指紋はいろいろと検出されたが、ウイスキーの瓶やコップには公平自身のものしか付いていなかった。

公平は、たしかに変わり者であった。他人といっさい、交際をしなかった。勤務先では普通だが、それ以上のつき合いを避けていた。孤独を楽しむ、という生活態度であった。私生活においても、まったくのひとりぼっちであった。

家族は、秋彦同様にいなかった。結婚の経験はある。十八年前、つまり二十七歳のとき、綾川加津子という女と正式に結婚している。公平のほうが一途に燃え上がった恋愛の末であった。

当時の綾川加津子は、二十一歳だった。翌年、娘のミドリが生まれた。だが、さらに次の年の夏、性格の不一致という理由で夫婦は協議離婚した。ミドリは旧姓の綾川に戻った加津子が引き取った。

そのとき、公平は二十九歳であった。結婚は、これからでも遅くないという年齢だった。しかし、公平は以来、二度と再び結婚しようとはしなかった。

秋彦がその理由を訊くと、公平は恋愛も結婚も一度すればたくさんだと、ニヤニヤするだけだった。朝飯は抜き、昼は外食、夕飯だけ自炊、三日に一度洗濯に掃除という独身生活を十六年も続けてきたのだ。

家政婦を頼むようなこともなかった。公平は弟の秋彦と違って、女関係も地味であった。金で処理できる女しか相手にしないと、公平は割り切っているようだった。

そうした変人だから、これという理由もなく自殺した。つまり、一種の厭世自殺で、衝動的にやったことなのだろうと解釈されたわけだった。

「自殺なんかじゃありませんよ」

戸部秋彦は、吐き捨てるように言った。車は高速道路の霞が関ランプ・ウェイをすぎて、新宿方面へ向かっていた。

「殺されたとでもいうのかね」

杉下人事課長次席が、遠慮がちに秋彦の顔色を窺(うかが)った。

「ええ、間違いありません」

秋彦は、そう断言した。自殺したのではないという根拠があったのだ。たしかに人間は、衝動的に自殺を図ることもある。だから、その前日に洗濯物をクリーニング屋に出したとか、芝居の前売券を買ったとかいうことで、自殺したのではないと否定はできない。

だが、数日前に生命保険に加入したとなると、話は別である。衝動的に自殺を図ったにしろ、その人間が生きていることに魅力を感じなくなったという点に違いはない。そんな人間が、生命保険を蔑視(べっし)はしても加入することなど考えも及ばないはずだった。

先週の木曜日、ミュンヘンで受け取った公平の手紙には、三百万円の生命保険にはいり保険金の受取人はお前にしたと書いてあったのだった。

2

荻窪三丁目にある荻窪中央マンションの前で戸部秋彦を降ろすと、杉下たちを乗せた会社の車はそのまま引き返して行った。改めて葬儀もやることだし、十五日間ゆっくり静養するようにと、杉下が言い置いていった。

　公平はすでに骨となって、マンションの三〇八号室で秋彦の帰りを待っているという。監察医務院で解剖を了えた公平の遺体を、そのままにしておくわけにはいかなかった。

　そこで『セントラル花壇』の東京営業所の支配人が中心になって、いろいろな手続きをすまし、長野から公平の従兄を呼んで火葬に付したという話だった。しかし、秋彦にすぐ公平の葬儀にとりかかる意志はなかった。

　葬儀など、いつでもやれる。それに、変死した人間の葬式は、あまり派手にやるものではない。それよりもまず、彼の関心は兄を殺した犯人へと走っていた。はっきり他殺という判断も下されていないのだから、犯人は完全犯罪になったと安心しきっていることだろう。その犯人がとくに憎いとも、秋彦は思っていなかった。また兄のために復讐しようと、いきり立つほど若くもない。むしろ、ほかの意味での興味があった。誰が、なぜ兄を殺したのか、ということである。公平のような人間でも、殺されることがあると思うと、不思議で仕方がなかったのだ。秋彦はそのあたりの真相が、知りたかった。

　中央マンションなどと称しているが、まあまあという程度のアパートにすぎなかった。ダイニング・キッチンのほかにバス、トイレと六畳に四畳半の和室があるだけだった。鉄筋だが、三階建てであった。

ドアの脇に、いまはもうこの世にいない戸部公平の名刺が貼りつけてある。鍵をとり出すこともなく、ノブに触れただけで鉄製のドアがあいた。線香の匂いが鼻をついた。誰かいるらしい。

秋彦は、ドアをしめながら奥を覗(のぞ)き込んだ。六畳の正面に座卓があり、白布(はくふ)で包まれた骨壺の左右に花が供(そな)えられていて、線香の煙が立ちのぼっている。その前にすわっている女の後ろ姿があった。

ダイニング・キッチンも六畳間もキチンと整頓(せいとん)されていて、生活の匂いのしないところが妙に白々(しらじら)しかった。後ろ姿だけでも、若い女とわかった。黒いジョーゼットのミニ・ドレスを着ている。

袖(そで)には裏地がついてないので、両腕の肌色がすけて見えていた。背中の一部、腹のあたりもそうなっているらしい。シー・スルー・ルックを、少々取り入れているのだ。

秋彦はヨーロッパで、かなり大胆なシー・スルーにお目にかかっている。だから別に驚きはしないが、日本では標準以上に派手好みの服装と考えていいだろう。秋彦は軽く、咳ばらいをした。

若い女は驚いて振り向き、そうしながら慌(あわ)てて傍(かたわ)らの灰皿へ手をのばした。吸っていたタバコを、急いで消したのである。秋彦は、女の横に正座した。

知らない顔だった。二十二、三だろうか。目が大きくて、鼻と唇が小さい。メイク・アップも巧みで、可愛らしい感じだった。媚びることを自然に身につけていて、小妖精という印象だった。

「あの、どちらさまで……」

女のほうが、そう訊いた。目が、笑っていた。

「戸部公平の弟で、秋彦と申します」

秋彦はふと、抱いたことのあるフランスの不良少女を思い出した。

「ああ、あなたがヨーロッパにいらっしゃるという弟さんで……」

女は肩をすくめて、今度は満面に笑みを浮かべた。

「帰国したばかりなんです」

「このたびはどうも、とんだことでしてご愁傷さまでございます」

「失礼ですが、あなたは？」

「わたくし、セントラル花壇東京営業所の支配人付き秘書をしております増村容子です。お客さんもあることだろうし、あなたがお帰りになるまで留守番をするようにと、支配人に言われまして……」

「そうですか。それは、どうも……。セントラル花壇の方たちには、いろいろとお世話になったそうで、感謝しております」

秋彦は、頭を下げた。ふたりの堅苦しいやりとりは、ここまでであった。秋彦は外国ふうの人なつこさに染まっていたし、増村容子という女も人見知りをしない発展家のようである。気まずい沈黙など、ふたりの間にはなかった。

「どうぞ……」

と、秋彦がドイツのタバコをすすめた。

「いただきます」

増村容子は照れ臭そうにニヤリとして、一本抜き取った。

「怖くなかったですか。人が死んだ部屋に、女性ひとりでいて……」

秋彦は容子と自分のタバコに、ライターの火を移した。

「別に……。亡くなった戸部さんには可愛がってもらっていたし、副支配人に恨まれるようなことはしてませんもの」

増村容子は、うまそうにタバコの煙を吐き出した。白いマニキュアをしている爪が、キラッと光った。

「兄のことは、よくご存じなんですね」

「あなたは、どう思います。兄が自殺したということについて……」

「副支配人は、プライベートのことに関しては何も言わなかったのでよくわかりませんけど、やっぱり寂しかったんじゃないかしら。わたくしなんかでも寂しくなると、死んじゃおうかなってふっと思うことがありますし……」

「やっぱり、兄は自殺したんだとお考えなんですね」

「いけませんか」

「ぼくは、殺されたんだと思っています」

「まさか……！」

増村容子は目を大きく見開いて、そのまま絶句した。

「あり得ないことでしょうか」

容子があまりに意外だという表情を示したことに、むしろ秋彦は驚いた。

「とても、考えられませんわ。副支配人が殺されただなんて……」

増村容子は、タバコのほとんどが灰になっていることにも気づいていなかった。

「なぜです」

「だって、副支配人は殺されるような人じゃないですもの。強盗か何かなら別ですけど、

「それは、もう……」

現金にも異常はなかったというし……」

「つまり、動機がないというわけですね」

「見も知らない他人を、理由もなく殺すという異常者でない限りね」

「そうですかね」

「副支配人の最も身近な者と言えば、わたくしたち職場の人間たちでした。その職場の人間全部が、副支配人なら殺されるはずはないと言うでしょうね」

「ずいぶん信用されていたんですね」

「というより、失礼な言い方ですけど、副支配人は誰にも害を与えない人だったんです。深い接触をいっさい避けて、利害関係をまったく持たない仙人みたいな人間を、誰が殺しますか」

「殺人の動機というものは、限られています。強盗や盗みじゃないとすれば、痴情怨恨、利害関係、自己の安全、劣等感嫌悪感などの異常心理……」

「動機があるかないかの問題ではなくて、それ以前なんです。副支配人は、誰ともつき合わなかったんだわ。つまり、この世にひとりでいるのも同じでした。この世にひとりきりの人間が、どうして殺されたりするんでしょうか」

「兄は何も知らずに、一方的に他人から邪魔と思われる場合もあります」

「例えば？」

「兄さえいなければ、誰かが副支配人のポストにつけるとか……」

「そんなこと、絶対にありません。副支配人のポストは一種の隠居仕事で、もうそれ以上は出世しないという烙印なんです。それは、誰もが知っていることですわ」

「兄の女関係は？」

「ゼロでした。ぼくは他人でいる限りはともかく女が嫌いだ、というのが副支配人の持論だったんです」

「パラチオンは本当に、簡単に入手できたんですか」

「ええ。奥多摩の農園へ行けば、あるそうです。それに、副支配人はちょいちょい農園へ行ってましたし……」

「なるほどね」

兄弟でも、長い間遠く離れていると、人間そのものがわからなくなるものらしい。公平の性格、生活態度、心境がどんなものだったのか、秋彦には理解できなかった。鮮明な公平の映像が描けないのだ。

死んだ公平に関して、赤の他人である増村容子のほうが詳しく知っているようだった。彼女の話では、たしかに公平が殺されたとは考えられないのである。

女関係はもちろん、誰ともつき合いはなかった。とすれば、利害も生じないし、恨まれたり憎まれたりもしない。公平の存在は、いわば透明の物体みたいなものだったのだ。存在感がなければ、誰も邪魔とは思わないのである。

過去は、どうだっただろうか。公平の過去には、深い関係にあった人間がいる。結婚し離婚した綾川加津子である。しかし、一年や二年というならわかるが、公平と綾川加津子が離婚したのは十六年前のことだった。

娘のミドリも、生きていればもう十七歳になる。離婚して十六年もたてば、他人以上の他人になってしまうだろう。見知らぬ相手も変わりない。今さら、綾川加津子を登場させることはなかった。

「そうそう……」

と、増村容子が思い出したように、座卓の上にある一枚の紙片へ手をのばした。

「副支配人が死んだとき、この紙と鉛筆がテーブルの上にあったそうです」

容子が差し出したのは、一枚のメモ用紙であった。そこには鉛筆で、わけのわからないことが書いてあった。○や△、太陽みたいなもの、それに家などの絵、H・Sというイニシャルがいくつも並んでいる。

意識的に、書き残したものではない。電話をかけながら、なんとなくメモに字や絵を書いたりする、あの一種の悪戯書きに違いなかった。

「事件に直接関係のあるものとは思えませんけど、念のためにとっておいてあなたにお見せするようにと、支配人から言われていたんです」

増村容子が、そう付け加えた。

「所在なく、無意識のうちに悪戯書きしたものなんでしょうから、あまり意味があるものとは思えませんね」

秋彦は、改めてメモ用紙を見やった。H・Sと、いくつも書いてある。H・Sとは、誰かのイニシャルかもしれない。だが、頭文字がH・Sの人間はと考えても、すぐには思いつかなかった。

「一度ゆっくり、外国のお話でも聞かせていただきたいわ」

増村容子がふと、この場に無関係なことを言い出した。

3

三日後に珍客が、荻窪中央マンションの三〇八号室を訪れた。綾川加津子と、若い女のふたり連れだった。ショート・パンツひとつで扇風機の風を浴びていた秋彦は、ひどく慌てた。

　日本では比較的、男の裸体を女の前に晒すことに無神経である。だが、ヨーロッパでは女よりもむしろ男のほうが、裸身を見せたがらない。全裸になるのは、女と一つベッドにはいったときである。

　秋彦は四畳半に飛び込むと、急いでワイシャツとズボンを身につけた。そうしながら彼は、綾川加津子がまったく変わっていないことに驚いていた。

　綾川加津子を義理の姉として知っていたのは、十七、八年前のことであった。その頃の秋彦は、まだ大学へはいったばかりの学生だった。公平と離婚したときの加津子は、二十三歳だったのである。

　ところがいま、訪問客の顔を見たとたんに加津子だと秋彦にはわかったのである。十六年という空白があっても一目で誰だかわかるのは、それだけ加津子が老け込んでないことの証拠だった。

　もちろん、よく見れば皮膚もくたびれているし、小皺も多いに違いない。だが、それにしても、七つ八つ若く見えることは確かだった。加津子は三つ上の三十九歳だが、秋彦は自分より年下の女みたいに思えた。

　加津子は、真っ白なワンピースを着ていた。スカートも若い女並みに短くて、髪の毛を長く伸ばしている。中年太りにも縁はなくて、相変わらず小柄な身体つきだった。しかし、さすがに熟れきったという感じは、しないでもなかった。

「しばらくでした」

「本当に、もう十六、七年ぶりになるかしらねえ」

「ええ。しかし、相変わらずの美人ですね」

「まあ、お上手なこと。秋彦さんこそ、すっかりご立派になって……」

「ずっと、外国にいましてね。お陰で、気だけは若いです」

「すると、奥さまは外人の……？」

「いや、まだ独身です。たぶん、結婚はしないことになるでしょう」

「まあ……」

秋彦を上目遣いに見て、加津子はハンカチを口許に当てた。ほとんど伏目がちでいて、たまにチラッと見る。彼女のそうした風情がひどく艶っぽく、久しぶりに女らしい女を感じたと秋彦は思った。

外国の女には、そういう色気はない。恥じ入るような、上品で内気そうな女の艶っぽさは日本の女独特なものである。と言っても、日本の若い女にはそういった艶っぽさがないようである。

図体ばかり大きくて、神秘性に欠けている。目に見える肉感的な身体つきや、肌を多く露出することで女を主張しているみたいだった。その点、日本の若い女は外国の女に近くなったわけである。

だからこそ、秋彦は加津子を見て久しぶりに女を感じたのかもしれない。彼女の連れである若い娘も、大柄でいかにも戦後っ子というタイプである。色が白く、彫りの深い顔立ちで、そう簡単には見かけることのない美貌の持ち主であった。

女優顔負けである。まだ二十そこそこだろうが、豊かな胸も腰も見事なものだった。水色のミニ・ドレスを着て、右手首に金色のブレスレットを嵌めている。男の子みたいに、もの怖じしない顔でいた。

「それで今日は……」

何の用事で来たのかという意味で、秋彦は言った。

「新聞で、読んだんです」

一瞬、真面目な顔つきで答えたが、加津子はすぐ照れ臭そうに笑った。

「兄貴のことですか」

「ええ。とんだことでしたねえ。わたしはもう戸部さんと離婚して十六年、結婚生活も短かったし、見も知らぬ他人同様で今さらお線香を上げに行くのも面映ゆいと思って、ずっと腰を上げなかったんです。でも、この子がどうしてもって言うもんですから……」

加津子は、連れの女を振り返った。

「すると、こちらは……」

秋彦はそう言われて初めて、連れの女がミドリだということに気がついた。

「ミドリですわ」

加津子が目を細めて、娘を見守った。あまり公平に似ていないので、秋彦もすぐには察しがつかなかったのである。

「凄い美人ですね」

秋彦は、改めて姪のミドリをつくづく眺めやった。

「まだ十七で来年高校を卒業するっていうのに、もうお嫁に行く先が決まっているんですよ」

加津子が、得意そうに言った。

「ほう……」

「玉の輿なんです。大館製作所の社長さんの三男坊に見染められて、ぜひお嫁に欲しいってね」

「大館製作所の社長の息子とは凄いなあ。軽工業界では伝統のある大手メーカーの、大館製作所ですからね」

「これで、苦労してこの子を育てた甲斐もあったと、わたしホッとして……」

「というと、加津子さんも再婚しなかったわけですか」

「ええ。結婚はもう、懲りごりだと思って……。ミドリの成長だけを楽しみに、ただ夢中で働いてきましたわ」

「何か商売でも？」

「郷里が、静岡県でしょう。母が山林を売って資金を作ってくれて、それで大森駅前で小さな喫茶店を始めたんです。運よくその店が繁盛して、いまではスナックを地下に作って規模も大きくなりましたわ」

「そうでしたか」

「でも、ミドリが来年にでも無事に結婚してくれたら、お店を支配人に任せてわたしは隠居するつもりなんです」

「まだ、隠居する年ではないでしょう」

「じゃあ、青春時代に戻って、恋愛にでも熱中しようかしら」

加津子は、楽しそうに笑った。単なる人間関係と血の繋がりとはこうも違うものかと、秋彦は思った。夫婦とは、しょせん他人同士の仮りの結びつきである。

夫婦の間にミドリという子どもまでもうけながら、離婚して十六年もたつと通りすがりの人間に対する気持ちにも似た遠い存在となる。だからこそ、加津子は線香も上げずに公平の遺影と骨の前で、明るく笑ってもいられるのだ。

だが、公平と血の繋がっているミドリとなると、まったく違う。父とは名ばかりで十六年も会わずにいた公平でも、その死はミドリにとって悲しいことなのである。

今さらその必要もないと腰を上げなかった母親を説得して、骨になった父と対面しようというミドリの心根がいじらしい。それが夫婦という他人同士と、血の繋がっている親子との違いであった。

ミドリが先に焼香をすませた。彼女は長い間、合掌を続けていた。それから、ミドリは秋彦に一礼して、ひとりで部屋を出ていった。加津子の話によると、高校の友人たちと海へ行くことになっていて、待ち合わせの時間があるという。

「この写真だと、戸部さんもすっかり年をとってしまって……」

形式的に拝んだあと、加津子は初めて感慨深げにしみじみと呟いた。だが、彼女はかつての夫のことを、戸部さんと呼ぶ。それがすでに、他人以上の他人であることを、物語っていた。

「くどいようですけど、あなたは年をとりませんね」

秋彦は、成熟した女の胸のふくらみや、厚味のある腰の曲線をさりげなく観察した。

「あら……」

目をしばたたかせながら、短いスカートから剝(む)き出しになるむっちりとした白い太腿(ふともも)に、加津子はハンカチをかぶせた。困ったように恥じらう彼女の横顔に、女としての魅力があった。

秋彦は加津子に、女を意識せずにはいられなかった。長い外国生活が続いてるうちに彼はいつの間にか女らしい女の理想像を頭の中に描き出していた。加津子が、その魅力的なイメージにピッタリなのである。

三つ年上の女ということも、秋彦は気にならなかった。加津子自身が他人になりきっているせいか、兄の嫁、義理の姉とはまったく感じない。心に咎(とが)めるのは、兄の霊前で加津子の裸身を想像しているということだけであった。

「新聞には自殺らしいってあったけど、戸部さんはどうしてそんな気になったのかしらねえ」

加津子がふと、眉(まゆ)を曇(くも)らせた。

「ぼくは、自殺したのだとは思っていないんです」

加津子に対しても、秋彦は自説を曲げなかった。

「自殺でないとすると……」

「何者かに、殺されたとしか考えられませんね」

「まさか……！」

加津子は増村容子同様に、唖然となって驚きの表情を示した。

「しかし、兄はごく最近になって、生命保険にはいっているんです。いくら兄が変わり者でも、生命保険にはいってすぐ自殺するはずはありません」

「保険金の受取人は誰なんです」

「ぼくですよ。まあ、ミュンヘンにいたという完璧なアリバイがなかったら、ぼくが疑われるところでしょうが……」

「でも、戸部さんが殺されるなんて、とても考えられないわ」

「誰もがそういう意見らしいですね。兄は、女関係もなし、友人はおろか知り合いもいなかった。勤め先でも仕事のことで口をきく以外は、誰ともつき合わなかった。つまり強盗でない限り、兄を殺す動機を持つ者がいないというわけです」

「そうでしょうね」

「しかし、ぼくは兄の死が自殺でないことを、心から信じています」

「そんなことを信じていても、仕方がないじゃありませんか」

「あと休暇が、十三日間あります。なんとかその間に、決着をつけたいと思っているんですが……」

「何か、思い当たることでもあるんですか」

「いや、別に……。まったくの手探りですよ。気になるのは、H・Sというイニシャルだけです」

「H・S……？」

「そのイニシャルの人間を、ご存じありませんか」

「さあ……。わたしにはしょせん、関係のない人でしょうね」

「たぶんね。あなたは十六年前に、兄と縁が切れている人だからな」

「ねえ、秋彦さん。休暇がそんなにおありなら、一度わたしのお店へいらしてくださいません？」

加津子が、笑いかけてきた。キラキラと潤んだように光っているその目にも、女の色気が感じられた。悪くないと、秋彦は思った。

4

セントラル花壇の支配人和久井誠一にも会ってみたが、何も得るところはなかった。増村容子と、同じ意見だった。痴情怨恨となると女関係だが、公平にそれらしいことはまったくないと和久井支配人は断言した。

殺される動機のないことは、どうやら事実のようであった。借金もしなければ、人に金を貸したこともないという公平なのである。およそ、人と争ったことがないらしかった。酒を飲むにしても、家でひとりチビチビやるという。

農薬を入れて飲んだジョニーウォーカーの黒は、封を切ったばかりの新しいものだった。しかし、通関ずみの、正規なルートで買った品物である。公平がみずから、買ったものかもしれない。

公平が殺されたのだとしたら、もちろんジョニーウォーカーは犯人が持って来たものと考えるべきである。ところが、公平がジョニーウォーカーのブラックを大好物にしていたことを、ほとんどの人が知らないのだ。

そのことを知っているのは秋彦に綾川加津子、あとは昔からの友人ぐらいのものだろう。だが、古い友人とも公平はもうつき合っていなかったのだ。とすると、ジョニーウォーカーは公平自身が買い込んで来たものという可能性のほうが強くなる。

　公平はやはり、自殺したのかもしれない。考えてみれば、生命保険にはいったばかりだから絶対に自殺はしないという保証はないのである。家庭を持たない孤独な四十男が、寂しさと将来に夢のないことから、発作的に死に急いだのではないだろうか。

　そう思うと、秋彦はあれこれ詮索(せんさく)することが馬鹿らしくなった。自殺にせよ他殺にせよ、死んだ公平は生き返らない。何年ぶりかの日本での休暇なのだ。もっと有効に使うべきであった。

　二日ほどして、秋彦は大森へ出かけた。駅前の『綾』という喫茶店は、すぐわかった。五階建てのビルの地下がスナックで、一階に喫茶室があった。なかなか凝(こ)った店で、男女の客が席を埋めていた。

　加津子は、地下のスナックのカウンターの奥にある小さな事務所にいた。クリーム色のワンピースを着て、まるで娘のように活潑(かっぱつ)な感じだった。彼女はまるで恋人のように、秋彦を歓迎した。

「このビルの三階に、わたしとミドリの住まいがあるの。そこへ、行きましょう」

　加津子は馴(な)れ馴れしく、秋彦の背中を押しやるようにして歩き出した。

「店は、いいんですか」

秋彦は、戸惑いながら訊いた。

「喫茶店のほうは九時閉店だし、スナックはマネージャー任せなの。もう、解放されていいのよ」

加津子は、華(はな)やかな笑顔を見せた。さっきまで明るかったが、もう八時をすぎている。ようやく風が涼しくなり始めた夏の夜であった。

加津子が、年をとらない理由がわかった。水商売でいろいろな客を見ていると、気が若くならざるを得ないのである。それに、世帯じみないということもあった。仕事がうまくいっている女優や歌手が綺麗(きれい)だというのと、同じなのだ。

ビルの三階にある一室が、綾川母娘(おやこ)の住まいになっていた。台所はなく、応接間と母娘の寝室が一部屋ずつで、計三間ある住まいだった。秋彦は、応接間に案内された。

ソファ、フロア・スタンド、厚い絨毯(じゅうたん)、ステレオ、カラー・テレビなど、道具立てが揃(そろ)っている応接間だった。加津子は、自分の部屋で着替えをすませてから、応接間へ出て来た。

秋彦は、あっと思った。髪の毛を二つ編みにして浴衣に着替えた加津子は、また一段と若くなった。そればかりではない。秋彦にしてみれば、実に久しぶりに日本の女を見たという気持ちだったのだ。

「魅力的だ。実に素晴らしい……」

ソファから腰を浮かせて、秋彦は感嘆の声を洩らした。

「からかわないで……。こんなお婆ちゃんなのに……」

怒ったような顔で、加津子は言った。

「お婆ちゃんだなんて、とんでもない。あなたは女だ。男が惹かれる魅力を、いまが盛りと具えている……」

「まあ……」

「ぼくは、本気で言っているんだ」

「わたしだって、本気にしちゃうから……」

「あなたが今日まで独身で通してきたということが、ぼくには不思議でならない」

「なぜかしら」

「男がよく、黙って見ていたと思う」

「そりゃあ、再婚の話も多かったし、言い寄る男もずいぶんいたわ。でもほとんどが、わたしの持っている店を目当てにしていたみたい。それに、わたしにはミドリという大切な宝があったしね」

加津子は飾り戸棚の中から、ブランディーの瓶とグラスを二つ取り出すとテーブルの上に置いた。

「あなた自身にしても、辛かったんじゃないかな」

グラスを触れ合わせ、ブランディーに口をつけてから秋彦は言った。

「もちろん、辛かったわ。わたしだって、一人前の女になっていたんですもの。なんとなく火照ってしまって、朝まで眠れないこともありました。でも、それは最初の半年間だけ、あとは平気だったわ」

ふと考え込んで、自分がひどく露骨な言い方をしたことに気づいたらしく、加津子は顔を上気させて秋彦の視線を避けた。

「あなたはなぜ十六年前、兄と離婚したんです」

秋彦は、話題を変えた。

「さあねえ。やっぱり、性格の相違だったんじゃないかしら。戸部さんて、どちらかと言えば陰性でしょ。わたしは陽性の男性が、趣味なんだわ」

加津子は、微笑した。

「そんなことは、恋愛中にわかったはずだけどな」

「恋愛中のわたしは、まだ二十だったわ。情熱的にプロポーズされれば、あとのことなど考えずにその気になってしまうものよ」

「性格の相違以外に、離婚の理由はなかったわけか」

「ほかにも、何かあったかもしれない。でももう十六年も前のことですもの、忘れてしまったわ」

曖昧な言い方をして、加津子はブランディーを呷（あお）った。十六年前の離婚の理由など、事実忘れてしまうものなのかもしれない。記憶していたとしても、無理に思い出したくはないのだろう。

「それより、今夜ゆっくりしていってもいいでしょう」

加津子が、ソファにすわりなおした。その重味でソファの表面の沈むのが、秋彦の腰にも伝わってきた。

「しかし、ミドリさんが帰って来ると、まずいんじゃないかな」

秋彦は、心にもないことを言った。加津子が誘ってくれていると思うと、彼の血は熱くなった。今夜このままではすまないような、予感さえするのだった。

「ミドリが海から帰るのは、明日の夜ということになっているの」

加津子は、眩（まぶ）しそうな目で秋彦を見やった。濡れたように光っている唇の鮮やかな赤、縋（すが）るような眼差し、浴衣の衿元（えりもと）から覗いている真っ白な肌が、アルコールの回った秋彦を衝動的な行為へと走らせた。

彼は素早く加津子の肩に腕を回すと、荒々しく引き寄せた。だが、意外なことに、加津子は驚いて抵抗した。彼女にその気があると思ったのは秋彦の早合点で、どうやらそれは職業的な媚態だったらしい。

しかし、そうしてしまった以上、秋彦も思い留まるわけにはいかなかった。彼は逃げようとする加津子を強引に捉えて、胸を合わせた。

「お願い、やめて……。わたしもう、そんなことは忘れてしまった女なの」

息を弾ませながら、加津子は顔を左右に振った。

「ぼくは、あなたにもう夢中なんだ。あなたは、素晴らしい」

秋彦は、加津子の唇を追った。

「いけないわ。わたしはあなたのお兄さんの妻だった女よ」

「かまわない。十六年も前に清算されたことなんだ」

「駄目、駄目よ」

「愛してしまったんだ」

秋彦はまず頬を触れさせておいて、それから盗むように唇を重ねた。とたんに、加津子が動かなくなった。秋彦は彼女の唇を割り、舌を絡ませた。フランス女に教えられた技巧を、徐々に用いていった。

突然、高熱でも発したかのように、加津子の全身が細かく震え始めた。彼女も舌で応じながら、秋彦の背中へ両腕を回した。秋彦は浴衣の衿を押し開き、裾を割った。

肌は熱く滑らかだし、胸の隆起は重く上向いていた。まるで二十七、八の、女の身体であった。加津子が身をよじった勢いで、ふたりはソファから落ち床の絨毯の上に倒れ込んだ。

唇を離して、胸のふくらみから頂きの赤い蕾へと移すと、加津子は苦しそうに喘ぎ、狂おしげに頭を振った。十六年間の空閨で抑制されていた欲望に火がつき、鬱積していたものがいま爆発したのである。

加津子は、異常なくらいに悶えた。絶えず発している呻き声はひどく動物的で、人間のものとは思えなかった。秋彦に充たされたとき潤いは溢れ、彼女は自分が自分でなくなる陶酔へ導かれて、われを忘れていた。

単に悦楽を求めて、淫らな行為にふける男女の姿ではなかった。闇の中に捨ててきた青春を再び取り戻そうと哀しい努力を続けている女と、祖国に夢見た愛する人の幻影を、空しいことと知りながら追い求める男の、ひたむきな燃焼であった。

嵐は果てしなく荒れ狂い、その中で加津子は際限なく続く絶妙な感覚の繰り返しに死の恐怖さえ感じていた。彼女の白い裸身が桃色に染まり、汗が無数の灯のようにキラキラと輝いていた。

やがて加津子の絶叫が、嵐の中の重苦しい静寂を裂いて、室内の空気は白々しく淀んだ。そのまま三十分ほど、ふたりは動かずにいた。加津子は目を閉じていたが、秋彦は天井の隅を見上げていた。

「堅い女だと十六年、人からも言われ自分でもそう思っていたのに……」

加津子はかすれた声で、もの憂く言った。

「結婚しよう」

秋彦は、加津子の横顔に目をやった。

「駄目。そうは、いかないわ」

加津子は、苦笑した。

「ぼくが、嫌いなのか」

「まさか……。こうなるからには、あなたが好きだった証拠よ。だから、このままでいいじゃないの」

「ぼくはまたすぐ、日本を去ってしまう」

「あなたが帰国している間だけの愛人で、わたしは満足よ。結婚はできないわ、ミドリのためにも……」

　加津子は、うっすらと目を開いた。秋彦はその横顔に、女の哀しさを見た。

5

　八月にはいって四、五日は、雨が降り続いた。ミドリが家にいるので、秋彦は加津子に会いに行くことを遠慮した。一度だけ、彼女のほうから誘いがかかった。芝高輪（しばたかなわ）のホテルにいるという。

　秋彦によって十六年間の禁欲を解いた女体は、すでに狂い始めていた。十六年の空白を埋めようと焦（あせ）っているみたいに、激しく燃え盛り、しかも貪欲（どんよく）であった。秋彦なしでは生きられないと、加津子は言う。

　そのくせ、結婚はしないと言い張った。ミドリが、大館製作所社長の三男と結婚する。大館家のような名家となると、家柄から言って世間体（てい）を気にする。その点を、加津子は配慮しているのだ。

　三男の嫁にもらったミドリの母親が、かつては義理の弟であった三つ年下の男と再婚した。そうなると、なんとなく加津子が淫蕩（いんとう）な女であるような印象を大館家の人々に与えはしないだろうか。

そのことが、ミドリの立場を不利にしはしないか。と、加津子は神経質に考えすぎているのである。いくら愛する娘のためを思ってのことと言っても、大事をとりすぎているような気がする。

ホテルで会っても、加津子は外泊ができない。それに憑かれたようにひたすら求め合って、燃焼し尽くしたあとは慌ただしくホテルを出るだけである。その味気なさが、翌日になると再び会いたいという気持ちを強めるのだった。

秋彦は荻窪のマンションの部屋で、ひとり雨を眺めていた。彼の頭は、加津子のことでいっぱいだった。三十六歳になって、彼は初めて恋をしたのである。その相手が年上で、しかも十六年前まで兄の妻だった女だと、秋彦のプレイ・ボーイぶりを知っている同僚が知ったらゲラゲラ笑い出すに違いない。

しかし、秋彦は真剣なのである。公平の死が自殺か他殺か、もうそんなことにも興味は湧かなかった。公平の初七日にも人を呼ばなかったし、改めて葬儀をとり行なうことも考えてはいなかった。

それだけ、加津子という女は素晴らしく魅力に溢れているのだと、秋彦は思う。兄貴はなぜ、あんな素晴らしい女と離婚したのだろうかと、不思議なくらいだった。それも、性格の相違という曖昧な理由で、離婚したのであった。

しかも、協議離婚である。一方だけの意志ではないのだ。何かもっと、決定的な理由があってもいいはずだった。公平はただ、性格の相違だと言ってニヤニヤするだけであった。加津子も同じだった。

互いに、何かを隠しているような気がする。何か決定的な理由があって離婚したはずなのに、公平も加津子もその事実を秘密にしているのではないだろうか。秋彦は、そんなふうに考えたくなった。

電話が鳴った。加津子からだと、秋彦はダイニング・キッチンのコーナー・テーブルの上にある電話機のところへ駆け寄った。二日会ってないだけなのに、十日はすぎたような気がする。

「もしもし……」

女の声には違いなかったが、加津子ではなかった。

「どなたさまですか」

軽く失望しながら、秋彦は訊いた。

「セントラル花壇の増村です」

と、増村容子の声には、笑いが含まれていた。

「あなたでしたか。先日はどうも、失礼しました」

「突然なんですけど、今夜身体あいてますかしら」

「何も予定はありません。何か、ご用がおありですか」

「会わせたい人がいるの」

「誰です」

「わたくしとごく親しい間柄の男性で、副支配人の大学時代の二年後輩なんです」

「それで?」

「そのことを思い出して、彼に副支配人についていろいろと訊いてみました。そのうちに例のH・Sというイニシャルのことに話が発展したんですけど、彼がH・Sに心当たりがあると言い出したんです」

「そうですか」

「あなたがまだ副支配人の死は他殺だという信念を捨ててないようでしたら、彼を紹介しようかと思って……。彼、江尻洋一郎(えじりよういちろう)っていうんです」

「どうも、いろいろとご心配をかけて、恐縮です」

「今日の夕方六時に、銀座(ぎんざ)の東洋ビルの屋上にあるビア・ガーデンでお待ちしてますから……」

「では、そのとき」

秋彦は、考え込みながら電話を切った。H・Sというイニシャルのことも、もうどうでもいいと思っていた。しかし、増村容子の親切を、無視するわけにはいかなかった。億劫ではあったが、行ってみるほかはない。

夕方になって、雨が上がったことがせめてもの救いであった。銀座の東洋ビルの屋上へ行ったことはない。しかし、おそらくそのビア・ガーデンには、屋根があるのだろう。そうでなければ、雨天にそんな場所を指定するはずはなかった。

五時に荻窪から、タクシーに乗った。これは秋彦が、最近の東京の交通事情に疎いせいであった。新宿に出るまでに小一時間かかり、高速道路を走ったが、銀座東六丁目についたのは六時半であった。

東京温泉のすぐ近くにある八階建てのビルが、銀座東洋ビルだった。屋上にビア・ガーデンのある銀座の東洋ビルと言って、あとはタクシーの運転手に任せたのである。屋上まで、自動エレベーターで上がった。

やはり、ガラス張りの屋上で雨天晴天に無関係なビア・ガーデンであった。屋上へ出たあたりには樹木があって、なるほどガーデンという感じだった。ガラス張りだから、三方から東京の夜景が一望にできた。

雨上がりの東京の夜景は、絢爛豪華であった。無数の灯と多彩なネオン、技巧的な照明が入り乱れている。ガラス張りの巨大な箱の中は、ビールを飲む適温に冷房が利いていた。ほとんど満席で、若い女ばかりのグループが目立って多かった。

中央の席に、増村容子の顔があった。今夜の彼女は、女学生みたいに白いセーラー服のようなものを着ていた。隣りに、四十すぎの男がいた。なかなかの美男子で、アカ抜けのした紳士という感じである。

江尻洋一郎という男に違いなかった。容子と彼は、どんな関係にあるのだろうか。肩が触れ合うほど身体を寄せ合っているし、男が容子の手を軽く摑んだりしている。年の差を考えなければ、恋人同士の雰囲気である。

「遅くなりまして……」

テーブルに近づいて、秋彦は声をかけた。男が立ち上がった。ふたりの前のジョッキは、もう空になっていた。

「江尻さん。こちら、戸部秋彦さん」

と、すわったままで、容子が男同士を引き合わせた。

「あなたのお兄さんには昔、いろいろと可愛がってもらいました」

江尻洋一郎が、懐かしそうに言って微笑した。

「そうでしたか」

　秋彦は、あまり気の乗らない答え方をしたと、自分で気がついた。

「学徒動員で、わたしが学業に別れを告げるまで、戸部さんとは下宿が一緒だったんですよ」

「兄貴はひどい近視だったし、胸も悪かったので戦争には無関係だったそうですね」

「戸部さんの肺結核は、好都合だったんですよ。戦争が終わるとすぐ、完全に治ってしまったんですからね」

「肺結核は、治りにくい時代だったはずなのにね」

「そうなんです。で、そのときの下宿に、三人が一緒でした。戸部さんとわたし、それにもうひとり戸部さんの親友がいましてね。この人が不思議と、戸部さんの場合と逆だったんですよ」

「どういうふうに？」

「学徒動員で駆り出されて、終戦後肺結核になったんです」

「それは、気の毒でしたね」

「その戸部さんの親友だった人が、島野久男というんです」

「島野久男……。頭文字はたしかに、Ｈ・Ｓですね」

「その島野さんという人は、世田谷の東松原にある大きな病院の院長の息子でしてね。そのくせ医者にはなりたくないと言って、農学部へ進んだ人なんです」

「その病院、いまでもあるでしょうか」

「あるでしょう。もちろん、代が替わって院長も別の人になっていると思いますがね」

「島野さんはいまどうしているか、ご存じありませんか」

「さあ……。わたしがいまの会社に就職してからは、全然つき合わなくなりましてね」

「そうですか」

島野久男はともかく、世田谷の東松原にある病院へは一度行ってみる必要があると、秋彦は思った。最初はいかにイニシャルがH・Sでもそんな古い話ではと、秋彦には期待はずれに感じられた。

だが、島野久男が病院の院長の息子だと聞いて、秋彦は緊張した。あるいは、まったく関係のないことかもしれない。しかし、加津子が公平の妻となるまでの職業が、病院と結びつくことは事実なのである。

加津子はかつて、看護婦をしていたのだ。それも、私立病院の看護婦だったと、公平から聞かされたことがある。公平がいったいどういう機会に看護婦と知り合い、恋愛の対象にしたのか不思議に感じたこともあった。

だが、加津子が十九年前頃、島野病院の看護婦だとしたら、不思議でもなんでもないのである。島野久男は、肺結核にかかっていた。当然、自分の父親が経営している病院で、加療静養するだろう。

その島野病院に綾川加津子という若く美しい看護婦がいて、院長の息子の看護に当たっていた。そこへ親友であった公平が、ちょいちょい見舞いに来る。公平と加津子が親しくなっても、おかしくはないのである。

その後も、公平と島野久男とのつき合いは続いていたのかもしれない。あの夜、島野久男がジョニーウォーカーを持って、公平の部屋を訪れた。ふたりはダイニング・キッチンでテーブルをはさみ、いろいろと話し合っていた。

話しながら、公平はメモ用紙に鉛筆で悪戯書きをした。ふと話の相手をしている島野久男のイニシャルを思い出して、公平はメモ用紙にH・Sといくつも書いた。犯人は、島野久男に違いなかった。

動機については、まだ見当もつかない。しかし、加津子のことが原因になっているような気がする。島野、加津子、公平の三者の繋がりは、最初から三角関係だったのではないだろうか。

その辺に複雑な事情があって、公平と加津子は離婚したのかもしれない。それが二十年近くたった今日、何かが原因で男同士の激突となったのではないだろうか。その結果が、公平の死なのだ。

「ちょっと、失礼……」

江尻が立ち上がって、ビア・ガーデンの入口のほうへ足早に去っていった。用便に行ったのだろう。

「彼、製薬会社の部長なの」

容子が悪戯っぽく笑った。

「あなたとの関係は？」

秋彦も、ニヤリとして見せた。

「彼には、妻子がいるわ。だから、愛人っていうわけね」

「愛しているの？　それとも、物質的な魅力ですか」

「愛しているの。だって、わたくし彼によって、女の歓（よろこ）びっていうのを教えられたんですもの」

「じゃあ、結婚はしないつもり？」

「そうね。彼と一緒のときは、そう思うの。でも、女って変ね。心のどこかでは、結婚というものに魅力を感じているの」

「江尻さんと、別れられますか」

「生活力があって、独身で、素敵な男性から情熱的にプロポーズされたら、彼と別れられるかもしれないわ。例えば、あなたみたいな人からプロポーズされたら、その気になっちゃうでしょうね」

「光栄です」

「やっぱり、女にとって独身の男というのは魅力だわ」

「それでは、江尻さんを愛していることにはならないんじゃないかな」

「ところが、彼を愛しているのよ。だから、このままだったら、わたくしずっと結婚しないでしょうね」

　愛を知らない女は、男のように孤独に耐えることができる。だが、愛を知った女は、愛だけではいかに心許ないかをも知る。だから女は、妻の座に魅力を感ずるのである。増村容子も加津子と同じように、寂しいのだ。

　公平の死も、その寂しい女のことが因(もと)で、招かれたのではないだろうか。とにかく、島野久男に会ってみることだった。

6

井の頭線の東松原駅で下車して西へ向かうと、いくつかの寺院が一カ所に集まっているところがある。その南側に、島野綜合病院はあった。島野病院と看板が出ているから、経営者は島野一族のひとりに違いない。

二階建ての病棟も診療所もアズキ色の化粧レンガで表面を飾り、まだ新しいという感じだった。戦前からある病院とは思えなかった。何年か前に、改築したのに違いない。駐車場も完備していた。

受付で訊いてみると、病院長は島野久男の姉の夫だという。つまり優秀な医師が島野家へ婿として迎えられ、島野久男の父の後継者となったのだろう。

都合のいいことに病院のすぐ裏手に、院長夫妻の住む家があるという話だった。戸部秋彦はその足で、病院の裏手にある島野邸を訪れた。戸部公平の弟であることを告げると、若い女中は家の奥へ引っ込んだ。

再び玄関へ出て来た女中は、秋彦を応接間へ案内した。応接間の空気はひんやりしていて、窓から絶えず微風が流れ込んできた。それが静かで高級な住宅の応接間らしい、上品さになっていた。広い庭の緑が眩しかった。

　女中がジュースを運んで来て間もなく、ワンピース姿の瘦身の女がはいって来た。五十近いのだろうか。髪の毛がほんの少し白く、もの静かで上品な奥さまふうであった。

「とても、懐かしく思いますわ。わたくしも戸部さんのことは、よく存じております」

　初対面の挨拶をすますと、島野久男の姉はにこやかに言った。みずから島野静香でございますと名乗ったが、二十年前のことを回想する彼女の目は乙女のように輝いていた。

「終戦後胸を悪くした久男のところへも、戸部さんはよく見舞いに来てくださいましたわ。その頃わたくしはもう現在の主人と結婚しておりましたが、そのわたくしのことを戸部さんはお姉さんと呼んで……」

「胸を悪くした弟さんは、この島野病院で療養されていたんでしょう」

　秋彦は早速、本題にはいった。

「はい。特別の病室へ入れて、専任の看護婦を置きましてね。久男も運が悪くてねえ。結婚して三カ月後に、発病したんですよ。もっと前から、悪かったんでしょうけど……」

　静香は、暗い眼差しになった。

「久男さんはそのときもう、結婚されていたんですか」

　秋彦は、意外な感じを受けた。島野、加津子、公平の三角関係を想定していたからである。

「父が、早婚がいいという考えでいたためです。久男はたしか戦後四年目の、二十五のときに見合結婚をしました」

「それで発病……」

「ええ。それから四年間、闘病生活を送ったことになります」

「久男さんに付きっきりだった看護婦、綾川加津子と言いませんでしたか」

「そうですよ。その綾川さんと、あなたのお兄さんは結婚されたんでしょ」

静香は、なぜそんな当たり前のことを訊くのかと、驚いたような顔をした。

普通なら、兄の妻になった女について、もっと詳しく知っているはずである。だが、兄弟同士あまり干渉しない主義だったし、そういう経緯(いきさつ)があった頃、秋彦はずっと京都にいたのだ。

大学が、京大だったからである。盛大な結婚式をやったわけでもなし、秋彦は公平の結婚を手紙で知らされただけだった。看護婦だったと聞かされたくらいで、兄嫁の顔を見たのも年末年始で東京へ帰って来ている間であった。

しかし、いまはっきりと、加津子と公平が結ばれたときの事情がわかったし、彼女の前身を確かめることができた。予想どおり、H・Sの島野久男と加津子、公平にはそれぞれ深い因縁があったのだ。

「兄は、二年とちょっとで綾川加津子とは離婚しています」

どうでもいいことだったが、秋彦はそう付け加えた。

「そうですか。それは、存じ上げませんでしたわ。戸部さんは結婚されたあと、あまり久男のところへ顔をお見せにならなくなったし……」

「ふたりは、喧嘩(けんか)でもしたのでしょうか」

「さあ……。久男の付き添いの看護婦を奪ってしまったようで、戸部さんも気まずかったんでしょう」

「ふたりの仲は、それっきりで元どおりにはならなかったんですか」

「久男の病状も、悪くなる一方でしたしね。でも、久男が亡くなる日、たしか戸部さんが見えてましたわ。ふたりで何か話してました。それから数時間して、久男は息を引きとったんですから、何か戸部さんに遺言でもあったんじゃないかしらってわたくしは思いましたわ」

「久男さんは、亡くなられたんですか」

「ええ。四年間の闘病生活の甲斐もなく……。二十九歳でしたから、若死にしたものですわ。八月二十五日が命日ですから、間もなくですね」

「そうですか」

秋彦の張りつめていた気持ちは、一瞬にして萎えた。なんということだろうか。犯人と見たH・Sの島野久男は、もうとっくにこの世を去っていたのである。

「戸部さんも、亡くなられたそうですわね。新聞で、読みました。亡くなった時間にズレがあっても、ふたりの年は同じです。いま頃ふたりはあの世で、思い出話でもしていることでしょう」

静香は、寂しげに笑った。

翌日、増村容子がまた電話をかけてきた。彼女には、島野病院へ行ってみると話しておいた。H・Sのイニシャルが、島野久男をさしていたものかどうか、結果を訊いてきたのである。

「無駄足だったですよ。島野久男は、二十九歳で死んでいる」

秋彦は思わず、電話口で深々と溜め息をついていた。

「そう」

増村容子もガッカリしたように、沈んだ声で言った。

「とっくの昔に結核で死んでいる人間では、兄の死に無関係だな」

「そうかもしれない。それで、あなたは他殺説を諦めたわけなの」

「いや、別に……」

「だったら、まだ無駄骨だったと極めつけるのは早いわ」

「なぜ？」

「H・Sのイニシャルで、副支配人と親しかった人となると、あとにも先にも島野久男しかいないんじゃないかしら」

「そうかもしれない」

「だとすれば、死んだ人だからって、簡単に無視することはできないわ」

「実は、複雑な事情があるんですよ。島野久男に付き添っていた看護婦と、兄は結婚しているんです」

秋彦は、綾川加津子という名前を出す気になれなかった。その加津子を愛し、すでに肉体関係にあることを、彼はなんとなく隠したかったのであった。

「その人と、離婚したわけね」

容子は言った。彼女も、公平が一度結婚に失敗したということぐらいは、知っているのである。

「二年で、離婚している」

「離婚の原因になったことって、なんなのかしら」

「それが互いに性格の相違だというだけで、なんとなく曖昧なんだな」

「性格の相違だなんて、とんでもないわ。もっと、具体的な何かがあったのよ。副支配人が二度と結婚しなかったのも、徹底して女嫌いになったのも、誰にも心を許さずに孤独な生き方をしてきたのも、みんなその看護婦さんとの離婚の原因のせいなんだわ」

「つまり、兄はひどい人間不信に陥ったというわけか」

「人間不信、そしてとくに女性不信ね。副支配人はきっと、その看護婦さんだった奥さんに裏切られたんだわ」

「わかってきたような気がする。奥さんだけに裏切られたのなら、女性不信ということですむ。しかし、兄は世間の交渉も絶ったくらいだから、男をも含めた人間不信に陥ったんだ」

「奥さんと同時に、親友として信じきっていた島野久男にも裏切られたのね」

「そうだ。そうに違いない」

「島野久男は、とっくの昔に病死している。その島野久男のことを何かと思い出しながら話し合うとすれば、副支配人とその別れた奥さんしかいないわ」

「事件の起こった夜、ダイニング・キッチンでテーブルをはさんで兄と十六年前に別れたその妻は、話し合っていた。ふたりの口から当然、島野久男の名前が出る。兄はなにげなくメモ用紙に、島野久男のイニシャルＨ・Ｓを書き連ねた」

「もし副支配人が殺されたのだとしたら、犯人は十六年前に別れた奥さんということになるわ。その奥さんというのは、生きているんでしょ」

「生きている。しかし、十六年前に別れた夫婦なんて、他人以上に他人だ。今さら、感情的になることも、利害関係もないはずと思うな。殺す動機もない」

「それも副支配人が、裏切った奥さんを殺したのではなく、その逆だったんですもの。たしかに、動機がないわ」

「裏切った裏切られたということも、十六年たってみれば争う原因にはならないんじゃない？　それに殺しだったとすれば、衝動的なものではなく計画殺人だからね。農薬とウイスキーを、用意してきている」

「でも、きっと何かあるんだわ。その別れた奥さんというのに、会ってみたら？」

「そうだなア」

秋彦は、言葉を濁した。もう、加津子には会っている。会っただけではなく、あなたなしでは生きていられないとベッドの中で言わせるほどの仲になっていた。彼はそのことが、急に不安になった。

「島野久男は、何年前に死んだの」

容子は訊いた。

「二十九歳だったというから……」

島野静香が、弟と公平は同じ年だと言っていた。となると、島野久男が生きていれば、公平と同じ四十五歳である。それが二十九歳のとき——と、秋彦は計算した。

「十六年前になる」

「十六年……？」

と、容子が怪訝そうに、語尾を上げる言い方をした。

「そういう計算だけど……」

「十六年前って、ほかのことで何度かあなたが言ったみたいな気がするんだけど……」

「そうだ。兄が離婚したのも、十六年前だったんだ」

「副支配人が離婚したのと、島野久男が死んだのは同じ年だったわけね」

「あなたのお陰で、妙な符合に気づくことができた」

秋彦は、無意識のうちに声を張り上げていた。けっして、偶然の符合ではない。島野久男の死と、公平と加津子の離婚は因果関係にあるのだ。さらに、十六年後の殺人の動機となるものが、隠されているような気がするのである。

7

俯伏せになって、加津子は枕に顔を埋めていた。肩で息をしている。背中もまだ、激しい陶酔の痙攣の余韻で波打っていた。白く光沢のある肌に、幾筋も汗の線が走っている。冷房の効果も、狂ったように打ち込んでの行為には通用しなかった。

秋彦はベッドを降りると、腰にバス・タオルを巻きつけてアーム・チェアにすわり込んだ。タバコに火をつける。疲労感を覚えるとともに、胸にあいた穴を風が吹き抜けていくような空しさを味わった。

加津子を、愛していると思う。あらん限りの情熱をぶつけて、彼女を抱いた。だが、消耗して冷静になったいま、まるで逃げるように加津子のそばを離れた。秋彦の気持ちに、大きな矛盾がある証拠だった。

愛する女を、疑っている。それも、自分の兄を殺した犯人ではないかと、疑っているのだ。まったく、やりきれない気持ちであった。そんなはずはないと、思いたい。しかし、いったん湧いた疑念というものは、容易には消えなかった。

窓の外は、もう暗かった。時計を見なくても、八時をすぎたということはわかっている。このところ続けて利用している、芝高輪にあるホテルだった。ホテルと言っても、連れ込み旅館にすぎない。

明日は、八月八日であった。休暇の切れる日である。十日には日本を発って、ミュンヘンへ戻るようにと、会社からの連絡も受けている。はっきりさせず、このまま日本を離れようかとも思う。

「もう、間もなくお別れね」

ベッドの上で寝返りを打って、加津子が甘えるような声をかけてきた。彼女も、同じようなことを考えていたらしい。

「うん」

秋彦の心は、うんざりするように重かった。

「でも、このままでは別れたくないわ」

加津子が、明るく言った。無理にそうしているのであった。

「どうするんだ」

秋彦は、加津子のほうを見ようとはしなかった。

「お別れする前に、満足するほどふたりきりでいたいの」

「いまだって、ふたりきりじゃないか」

「こんなホテルでなんて、いやだわ。それだけが目的みたいだし、落ち着けなくて……」

「どうすれば、いいんだ」

「ふたりきりで、旅行がしたいわ」

「もう旅行していられるような、時間的余裕がない」

「明日の朝出かけて、明後日の早い時間に東京へ戻ってくれれば大丈夫でしょ」

「一泊旅行か」

「二十四時間一緒にいられれば、わたしは満足よ」

「しかし、ミドリさんをどう納得させるつもりなんだ」

「連絡先も教えられるし、そこだったらミドリも怪しんだりしないところがあるの」

「どこ？」

「わたしの田舎よ。もう母も死んでしまったし、弟夫婦がいるだけだから気楽だわ。農家で、弟夫婦も淳朴なお百姓さんよ。変に勘繰ったりしないわ」

「だけど、ぼくもそこに泊まるというわけにはいかないだろう」

「ちょっと離れている海辺の近くに、旅館があるのよ。泊まるのは、そこにすればいいと思うわ」

「そう」

「お願い、連れてって……」

「うん、行こう」

「嬉しい！」

加津子は、小娘のような歓声を上げた。秋彦にしてみれば、成り行きとして承知せざるを得なかったのである。釈然としない気持ちで、旅行などしたくはなかった。だが、拒む理由もないのだ。

加津子が、公平を殺した犯人と決まったわけではない。まだ動機さえ、見当もついていないのである。だとすれば、日本を離れる前に愛する女と小旅行に出るのは当然であり、楽しいことではないか。

「妙なことを訊くけど、兄貴と離婚したのはいつだった？」

秋彦は思い切って、言い出せないでいた質問を口にした。

「十六年前よ」

加津子は、びっくりしたようにそう答えた。

「それは、わかっている。何月何日かを、訊いているんだ」

「離婚記念日っていうのも、不思議と記憶に残っているものね。離婚届を区役所に出したのが、九月三日だったわ」

「間違いない？」

「ええ。でも、どうしてそんなことに、興味があるの」

「君と結婚するときは、その日だけを避けようと思ってね」

秋彦は、とっさに出た言葉で胡魔化した。

「まだ、わたしと結婚するつもりでいるの。気持ちは嬉しいけど……」

加津子は、なかば困惑したように笑った。しかし、秋彦の心中は穏やかではなかった。心臓が高鳴り、全身を締めつけられるような悪寒を覚えた。決定的瞬間を迎えてしまったような気がする。

島野久男は、彼の姉の話によると、十六年前の八月二十五日に死んだという。加津子が公平と離婚したのは、同じ十六年前の九月三日である。島野久男が死んだ直後に、公平と加津子は離婚したのだ。

その間、わずか八日間であった。これは、只事ではなかった。たまたま、そうなったのだとは考えられない。島野久男の死が、公平と加津子を別れさせる原因を生んだのに違いなかった。

公平の人間不信は、親友と妻に裏切られたことから生じた。加津子が、島野に付き添っていた看護婦だったという点から考えて、当然ふたりは深い関係にあったと見るべきである。

新婚早々の妻からも隔離されて、療養中であった。それに付き添っていたのが、若くて魅力的な看護婦加津子だった。特別の個室にふたりだけでいれば、チャンスはいくらでもある。

加津子にしてみれば、相手は院長の息子である。求められて、邪険に拒むわけにはいかなかった。いや、付き添っているうちに加津子も島野に好意以上のものを感じて、まったく合意の上で関係したのかもしれない。

それからしばらくして、加津子は公平と親しくなった。公平は彼女に夢中になり、情熱的に求婚した。だが、加津子は島野を愛していた。本来ならば、加津子は公平の求婚には応じなかったはずである。

しかし、そこに女心の微妙さがあった。加津子自身も、若い女が情熱的に求婚されれば性格の違いなど考えずに、その気になってしまうと言っていた。だが、けっしてそれだけではなかった。

その点、増村容子の告白のほうが正直である。妻子ある江尻洋一郎を、心から愛している。しかし、もし魅力的な独身の男からプロポーズされたら、応じてしまうかもしれないと増村容子は言っていた。

加津子も同じだったのだ。島野を愛している。だが、彼には結婚したばかりの妻がいる。しかも、島野の病状は悪化しつつある。彼と結婚できる望みはゼロであった。そこへ、独身で健康な公平が求婚者として登場したのだ。

加津子と島野は、話し合いで別れることにしたのだろう。加津子は島野病院の看護婦をやめて、公平と結婚した。それっきり、公平と島野の仲は疎遠になった。二年たって、島野は死期を迎えた。

八月二十五日、島野は公平を呼んだ。もう何日も生きられないと知って、島野は公平に言い残しておきたいことを思いついたのだろう。島野はあくまで親友同士として、公平に言い伝えるつもりだったのに違いない。

ふたりは、ヒソヒソと密談を交(か)わしていたという。それから数時間後に、島野は息を引きとった。公平もいまは、この世にいない。ふたりの間でどんな密談が囁(ささや)かれたのか、それは永遠の謎である。

しかし、その島野の遺言が、公平に人間観を変えるほどの衝撃を与えたことは間違いないのだ。そのために、公平は加津子と離婚して、根強い人間不信に固執しながら四十五年の生涯を閉じたのであった。

いったい、島野の遺言とはどんなことだったのか。島野と加津子はどのような形で、公平を裏切ったのか。その二点が明らかになれば、公平殺しの動機もはっきりするような気がするのである。

「何を考えているの」

衣服を身につけながら、加津子が声をかけてきた。

「別に……」

秋彦は、軽く首を振った。

「今度、日本へはいつ頃、帰って来られるのかしら」

「さあね。二年ぐらいは、ミュンヘンを動けないんじゃないかな」

「二年か。長いわね……。仮に結婚したとしても、名ばかりの夫婦じゃないの」

「いや、結婚していれば妻を同伴で赴任できるんだ」

「そうなの」

「二年後の君は、いったいどうなっているかな」

「あなたを、待ち続けているわ、でも、寂しいでしょうね。その頃はもう、ミドリもお嫁に行っているし……」

「そうか」

秋彦は、公平の霊前で合掌しているミドリの姿を思い浮かべた。ミドリは、公平が実の父であることを知っていたのだ。だが、生前の公平には、ほとんど会ったことがないらしい。哀しい父と娘であった。

しかし、公平も父親として冷たすぎるような気がした。人間不信に陥ったからといって、わが子をも拒絶するのは異常である。それはまるで、実の親子とは言えないのではないだろうか。

秋彦は、ハッとなった。公平とミドリはそのとおり、実の親子ではなかったのだ。そう信じているのは、当のミドリだけなのである。

《鍵は、ミドリだ！》

秋彦は胸のうちで、そう叫んだ。

ミドリの母親は加津子でも、父親は公平ではないのだ。ミドリの実の父は、島野久男だったのである。加津子と島野は、そういう形で公平を裏切ったわけだった。

死の直前、島野は公平にそうした事実を打ち明けたのに違いない。島野の気持ちとしては、公平に罪を告白して許しを乞い、ミドリの将来をよろしくと頼みたかったのだろう。死のうとしている人間の潔癖感と無責任さが、そんな告白をさせたのだ。

しかし、公平は許せなかった。それどころか、親友と妻に裏切られたことで、公平はみずからの生き方を変えた。加津子を責めて、一週間後には離婚した。もちろん、ミドリの顔など見たくもなかったのだろう。

「火をつけてくれないか」

秋彦はタバコをくわえて、近づいて来た加津子に言った。加津子はテーブルの上のライターを手にした。そのあと、彼女に気づかれないように秋彦はライターをハンカチで包んだ。

8

東京発十時三十五分の『こだま一一五号』に乗った。浜松(はままつ)についたのが、十二時三十二分だった。浜松から南へ、タクシーを飛ばした。三十分ほどで、屋島(やしま)というところへ出た。海を一望にできる岩場の上に、『望海荘(ぼうかいそう)』という小さな旅館があった。

シーズン中でも、ウィーク・デイだとすいているという。大都会が近くにないと、嘘みたいに人の数が少ない。旅館の二階に、二間続きの和室がとってあった。眼前は、茫漠(ぼうばく)と拡がった海である。

水平線が、無限に続いている。濃紺の海面が穏やかに動いている遠州灘(えんしゅうなだ)であった。積乱雲もない紺碧(こんぺき)の空に、ギラギラとした真夏の陽光が溢れていた。海岸線ははるか彼方まで続いている砂丘であった。

「夏の海ね」

若やいだ声で、加津子が言った。潮風が絶え間なく吹き込んで来て、暑さを感じさせなかった。今日の加津子は化粧も濃くして、一段と華やかだった。淡いピンクのミニ・ドレスが、けっしておかしくなかった。

「君の田舎というのは？」

秋彦は、目を細めて海に見入った。そうしたいのではなく、加津子の顔を見るのが苦痛だったのである。

「北東へ少し行ったところなのよ」

「顔を出して来なくても、いいのかい」

「いいの」

「どうして？」

「一カ月前にも、来ているんですもの。帰るときに寄って、弟夫婦に会っていくわ」

「そう」

秋彦は、深く頷いた。加津子は一カ月前にも、弟夫婦のところへ来ているという。たぶんそのときに、彼女は農薬パラチオンを少量、盗んでいったのに違いない。農家であれば、パラチオンもあるはずだった。

昨夜遅く秋彦は所轄署へ行って、事件にタッチした刑事と会い、自分の知っていることと想定を残らず話して来たのである。その刑事も他殺説を捨てていなかったので、熱心に聞いてくれた。

加津子が公平を殺した動機は、ミドリの出生の秘密に関してであった。ミドリは大館製作所の社長の三男坊に見染められて、求婚された。ミドリも、その気になった。加津子にとっては、この上ない嬉しい話だった。

十六年間も女手一つで育て続けて、そのミドリが唯一の生き甲斐だったのである。実の父を知らないという薄倖（はっこう）の娘が、軽工業界では有数のメーカーとされている大館製作所の社長の息子と結婚できる。

加津子には、夢のような話だった。なんとしてでも、ミドリを無事に結婚させてやりたいと願うのは、当然のことである。そのためには、いかなる犠牲をも厭（いと）わないと愚（おろ）かにも加津子は決意したのだろう。

だが、そこで重大な問題が起こった。いくら自由恋愛の時代でも、上流階級にはそれなりの制約がある。大館家では、三男とミドリとの結婚を認めた。しかし、ミドリの生まれや素性（すじょう）について一応は調べてみるというのも、これまた当然の話である。

そうなれば、興信所の人間はまず、加津子と十六年前に離婚している戸部公平を、ミドリの実父として訪れる。だが、公平はミドリの父親ではないのだ。もし公平が真相を述べたら、どういうことになるだろうか。

母親が夫以外の男と関係して、生まれたのがミドリである。いや、愛人の子どもができたと承知の上で、公平と結婚したのかもしれない。いずれにせよ、不倫な関係でできた子どもなのだ。

そのために、夫婦は離婚した。実の父は、とっくに病死している。見方によっては、かつての私生児と同じである。大館家でも、いい印象は受けないだろう。最悪の場合、すべてが水泡に帰するかもしれない。

そこで、加津子は公平と連絡をとり、ミドリの実の父になりすましてくれと頼んだのだ。ところが、公平はそれを拒絶した。十六年も昔のこととは言え、裏切った親友と妻を公平は許せなかった。

加津子は慌てた。なんとしてでも公平の口を封じなければならない。あの夜、加津子は最後の話し合いをするために、公平の住まいを訪れた。公平がもし聞き入れなければ、彼を殺すつもりであった。

郷里の弟夫婦のところへ行ったとき、農薬パラチオンを盗んで来た。そのパラチオン少量と、ジョニーウォーカーのブラックを加津子は用意した。ふたりは話し合ったが、公平のほうが最後まで折れなかった。

加津子は、決意した。公平がジョニーウォーカーを飲むということになったとき、加津子はグラスを取りに立った。グラスを手にしたその短い間に、彼女は微量のパラチオンを中に落とし込んだのである。

そのように秋彦は、所轄署の刑事に説明した。ついでに、ハンカチに包んだ彼自身のライターを差し出した。ライターには、加津子の指紋がついている。

公平の住まいであるマンションの部屋で検出された指紋の中に、一致するものがあれば加津子の容疑は確定的になる。彼女は公平の死後、初めてマンションの部屋へ来たことになっている。

十六年間、公平とは一度も会っていないのだ。その加津子の指紋が、公平の変死現場から検出されたとすれば、ずいぶんおかしな話である。それは、加津子の犯行であることを意味するのだ。

刑事は、納得した。現場の指紋と一致したら、加津子のアリバイ、パラチオンの所在などを調べるとも約束した。秋彦は明日一日、静岡県浜名(はまな)郡の白羽(しろわ)浜にある『望海荘』という旅館にいることを刑事に告げた。

「散歩に出てみない」

と、揺り起こされて、秋彦は目を開いた。頭のすぐ上に、加津子の笑っている顔があった。遅く昼飯をすませたあと、横になって加津子のとりとめもない話を聞いているうちに眠り込んでしまったらしい。

「よく眠ったらしい」

起きあがって、秋彦は加津子に背を向けた。

「鼾（いびき）をかいていたわ」

加津子が、クスクスと笑った。

「いま、何時だ」

「もう、六時をすぎたわ」

「じゃあ、三時間も眠ったわけか」

「そうよ。わたしを、ほうりっぱなしにして……」

「すまないことをした。貴重な時間だというのにね」

「いいの。一緒にいるだけで……。あなたの寝顔を見ていて、楽しかったわ」

「悪い趣味だ」

「いいじゃないの。ねえ、浜辺を散歩してみましょう」

「そろそろ、夕飯じゃないかな」

「お昼が遅かったから、七時すぎにしてくれって頼んでおいたわ」

「そうか」

秋彦は、窓の外へ目をやった。まだ明るかったが、ギラギラするような日射しはすでに失われていた。警察はまだ来ていないのだ。現場から検出された指紋に、加津子のと一致するものがなかったのかもしれない。

それならそれで、そのほうがいいのだ。加津子を無理に、犯人にしたいわけではない。彼女が事件に無関係なら、今夜心ゆくまで愛し合うこともできる。明後日には、日本を離れる。公平は自殺したということで、いいではないか。

ふたりは、旅館を出た。荒涼とした砂丘と冷たそうな白い波とが、奇妙に調和している景観だった。風が強く、加津子の髪の毛が水平に流れた。

あたりに、人影はなかった。空が赤く染まり、ふたりの影が砂の上に長くのびた。波打際へ走った。目にしみるように白い波が、地鳴りにも似た音とともに押し寄せて来る。水平線のあたりが、金色に輝いている。

ふたりは、向かい合って立った。加津子が食い入るような目で、秋彦を見上げた。秋彦は、胸の奥に痛みを覚えた。ふと、四つの黒点が、彼の目に触れた。こっちへ向かって来る四人の人影であった。

来た——と、秋彦は思った。やはり、加津子の指紋が現場にあったのである。一瞬、彼の目の前が暗くなった。人影は、もうすぐ近くまで来ていた。三人が私服であり、ひとりが制服警官だった。

私服のふたりが東京の所轄署の刑事、もうひとりが静岡県警の刑事、それにこの土地の駐在所の警官に違いなかった。そっちに背を向けている加津子は、まだ何も気づいていない。

「愛してるわ」

加津子が、熱っぽく言った。

「愛しているよ」

秋彦は、加津子の肩に手をかけて引き寄せた。ふたりは、唇を合わせた。激しく、長い接吻(せっぷん)だった。ふたりが顔を離したとき、加津子の両側に刑事が立っていた。

「なんですか、あなたたちは……」

愕然(がくぜん)となって、加津子は三人の刑事を見回した。

「東京の警視庁の者です」

秋彦は知らない年輩の刑事が、黒い手帳を加津子の前に差し出した。

「わたしに、なんの用です」

加津子の顔色は、蒼白(そうはく)になっていた。

「戸部公平毒殺事件の参考人として、すぐ東京へ帰ってもらいたいんですよ」

刑事が、厳しい表情で言った。

「戸部さんのことなんかに、わたしは無関係です」

「ということを、東京へ帰ってから証明してください」

「そんな必要はありません」

「毒殺現場のテーブルの上と、ドアについていた二つの指紋が、あなたの指紋と一致したんですがね」

「え……！」

「それから当夜、あなたは八時から十一時すぎまで出かけていましたね。娘さんが、どこへ行ったのかわからないと言っていましたよ」

「ミドリが……」

「事件の前日、あなたの住まいにあった金魚鉢の中の金魚が一匹残らず死んだそうですね。あなたのベッドの下に、パラチオンを紙に包んで入れてある小型のマッチ箱がありましたよ。パラチオンの効果を、金魚で実験したんでしょう」

「知りません！」

「もう一つ、あの夜あなたのスナックの常連のひとりが、十時二十分頃、荻窪駅にいるあなたを見かけたそうです」

「そんなこと、嘘です！」

「とにかく、一緒に来てください」

「ミドリが……。ミドリの結婚は、いったいどうなるの！」

刑事に促（うなが）されて歩き出しながら、加津子がそう叫んだ。秋彦は、その場を動こうとしなかった。

「あなただけは、わたしを信じて！」

振り返った加津子が髪を振り乱して、そう絶叫した。太陽が海に沈もうとしている。加津子に、もう若さも美しさもなかった。落日（らくじつ）に吼（ほ）える愚かな母親の姿であった。

「すまない……」

秋彦は、呟いた。加津子と刑事たちの後ろ姿はもう遠く、それは悲しみに充ちた視界であった。彼は落日に、喪失感を覚えた。

倦怠（けんたい）の海

1

おしまいだ——と、中塚千秋は胸の奥で呟いた。そう思いながら、千秋は別に慌てもしなかったし、気持ちの昂ぶりも覚えなかった。いつかはこうなるだろうと、三年前から予期していたのかもしれない。

ベッドが軋んで沈み、すぐまた元の状態に戻った。船橋圭介が、ベッドから降りたのである。そうとわかっても、千秋は彼のほうを見ようともしなかった。両手を胸の上で組み、脚を開きかげんにしたまま動かなかった。

千秋は、生まれたときの姿でいた。バスタオルで、下腹部を被っているだけだった。隠そうともしない胸の半球形の隆起が、軽く息づいている。白い二本の脚が、弛緩して長くのびていた。

圭介が、服を身につけていると、気配でわかった。もう二度と彼に触れることはないだろう。彼は今後、ほかの女に対して千秋とやったのと同じことをしてやるのだ。

船橋圭介がほかの女と抱き合っている図を想像する。嫉妬は覚えなかった。一年前の千秋であれば、カッと逆上したかもしれない。だが、もうそんな気力も、いまの彼女にはなかった。

自分の気持ちも、完全に冷えている。だからこそ、別れるとわかっている男に、平気で抱かれることができたのだ。習慣的に燃え上がって、その頂であられもない言動を示したあと、男に未練を感じていない。

少なくとも、愛の行為ではなかった。千秋はただ快感だけを求め、肉体の歓びを招くことに没入した。相手が船橋圭介であることを意識しなかった。自分を陶酔へ導いてくれる男、いや道具にすぎなかったのだ。

この一年で、千秋はクタクタに疲れ果ててしまった。それほど圭介という男に誠意がなく、また摑みどころがなかったのである。そんなことは、最初からわかっていたはずだと言われればそれまでだった。

三年前、千秋が圭介に夢中になったとき、彼を知る連中が口を揃えてやめろと言った。船橋圭介という男は、無責任でつねに恋愛していなければいられない性質で、何を考えているかわからない――と。

しかし、千秋はその謎めいたプレイボーイを愛してしまったのである。結果は、忠告どおりだった。小心なのか大胆なのか、見当もつかない。気まぐれで、わがままで嘘つきであった。

いくら尽くしても、その甲斐(かい)がなかった。毎晩のように千秋のアパートに泊まっていくと思うと、不意に姿を見せなくなって十日も連絡がない。その間、ほかの女と関係しているのだろうが、浮気は認めざるを得なかった。

詰問しても、黙り込んでいるだけである。喧嘩(けんか)にならなかった。千秋のほうが疲れた。そして一週間前、ある女を熱烈に愛してしまったと、圭介は事もなげに千秋に告白したのであった。

「じゃあ……」

圭介の声が聞こえた。千秋は初めて枕から頭を持ち上げると、ゆっくり彼のほうへ視線を投げた。

「行くの」

千秋にはそんな言い方しか、できなかった。

「うん」

圭介の整った顔が、深く頷(うなず)いた。無表情であった。

「永久に、さよならね」

「いろいろと、世話になった。この三年間、とても楽しかったよ」

圭介は、チラッと白い歯を覗かせた。よくもヌケヌケとそんなことをとは思ったが、腹は立たなかった。千秋には、人を憎悪することさえ億劫だったのである。

「そう。わたしはもう、この三年間のことを忘れてしまったわ」

千秋は、頭を枕に戻した。

「夏の別れって、なんとなく寂しいね」

圭介は、キザな言葉を口にした。

「わたし、しばらく海に行っていようと思うの」

「いいことだ。まだ、八月の初旬だ。夏は去っていないよ」

「そうね」

「さよなら」

「ついでに、電気を消して、テラスの戸をあけてってね」

そう言いながら、千秋はあまりの空しさに苦笑していた。三年間の関係に終止符を打つその最後の言葉が、電気を消してテラスの戸をあけてってね——。人間の別れとは、そんなものなのだろうか。

部屋の中が、暗くなった。もともと、フロア・スタンドだけしかつけてなかった。紫色のシェードが撒いていた暗がりが、黒く変わっただけだった。テラスに面しているガラスの扉を左右に開く圭介の姿が動いた。

頼まれたことをすますと、彼はもう振り向こうともしなかった。寝室を出て、居間を真っ直ぐ横切って行く圭介の後ろ姿を、千秋は目で追った。そのブルーの背広を着た長身は、未練げもなくドアの外へ消えた。

千秋は、長い溜め息をついた。急にあたりが、重い静寂を迎えたような気がした。ひとりになったと、改めて思った。哀しくはなかった。ただ、ベッドに裸身を横たえた自分が、ひどく惨めなだけだった。

若い未亡人が、プレイボーイに捨てられた。俗っぽい話ではないかと、千秋は自分を笑った。彼女は二十四で結婚して、一年後に未亡人になった。

一年後に圭介と深い仲になり、三年間を同棲に近い関係で過ごした。そして、いま圭介を失った。もう二十九になるのだと思い、同時にこれで女としての華やかな時代は終わったとそんな気がした。

ふと、死んだ夫のことが頭に浮かんだと言っても、記憶に残っている夫の顔を思い出しただけのことである。郷里の広島で見合いして、懇望されて結婚したのだった。しかも、夫婦でいたのは一年たらずであった。

勤め先の商事会社からカラチへ派遣されて病気になり、あっさり死んでしまった夫である。羽田空港で骨となった夫を出迎えたときも、千秋は涙一つこぼさなかった。愛し始める余裕もなかったのだ。

未亡人になって郷里へ帰るのは、千秋の派手好みな性格が許さなかった。世田谷の梅丘にある新居が、彼女のものになったので、それを売り払い、夫の保険金と併せて生活資金の基礎とすることにした。

それに、千秋はピアノを専門的にやっていた。週に何回か出張教授をやれば、東京での生活もなんとか続けていけそうであった。彼女は杉並区下井草五丁目の住宅街にあるアパートの一室を借りて、新しい生活を始めた。

夫の一周忌がすぎて間もなく、井出麻知子という有閑夫人の紹介で圭介を知った。船橋圭介は、有名なホテルの地下にあるレストラン専属のバンドのピアノ奏者だった。音楽という共通の話題が、ふたりの仲を緊密にした。

圭介は千秋より三つ年上だが、まだ独身だった。プレイボーイの評判に違わず、女の扱いは巧みであった。間もなく千秋は圭介によって、夫からは教えられなかった自分が自分でなくなる官能の極地へ導かれるようになった。

そのことがどうやら、千秋を夢中にさせたようであった。圭介を愛したのは、未知の世界を知った彼女の肉体だったのだ。だから、歓びが当然のこととなると、千秋も冷静な自分を取り戻せたのに違いない。

もう何もかも、すぎ去ったことだと思う。千秋は、両手で自分の肌を撫(な)で回した。冷えてきたのだ。流れ込んでくる夜気が、汗で湿った身体(からだ)を冷たくするのである。

近くで、女の悲鳴が聞こえた。鋭い声で、何やら立て続けに叫んでいる。あたりが静かだから、それはけたたましいくらいだった。住宅街だし、ここはアパートと言っても四世帯がはいっているだけである。

鉄筋の二階建てで、二階と階下に二部屋ずつある。一部屋の間取りはバス・トイレにダイニング・キッチン、八畳の居間に六畳の寝室があり、住人たちは千秋を除いて夜の遅い職業についていた。

「人殺し！　人殺し！」

女の声がそう連呼していると、ようやくわかった。千秋は、身体を起こしにかかった。テラスのほうが、気になったのである。テラスは裏庭にあって、簡単な生垣の外はすぐ道路であった。

テラスに面している扉が左右に開いていて、レースのカーテンが静かに揺れていた。不意に、そのカーテンが荒々しく舞った。千秋は凝然(ぎょうぜん)となった。カーテンを掻(か)き分けるようにして、黒い影が室内へ駆け込んで来たのである。

侵入者は、振り返った裏庭のほうを窺った。ガッチリした体軀の男だった。男の顔は裏庭にある水銀灯の光を浴びて、鮮明に浮かび上がった。三十二、三の彫りの深い、知的な男の顔であった。

ベージュ色のズボンに、白いポロシャツを着ていた。哲男という従兄によく似ていると、千秋は瞬間的に思った。眉間のやや左寄りに、大きなホクロがあった。男はベッドの上の千秋に、一瞬目を走らせた。

千秋は、声も出なかった。あらわになった乳房を隠そうにも、身動き一つできないのだ。裏庭の外の道で、また女の叫び声が聞こえた。男は弾かれるように走り出すと、寝室と居間を抜けてドアの外へ消えた。

玄関から、出て行ったらしい。今夜は男がふたりもここを出て行ったと、ホッとしながら千秋は強がりともつかない気持ちで思った。

2

翌朝、千秋は九時前に目を覚ました。入浴しないで眠ってしまったことを思い出して、浴室へ行きシャワーを浴びてから洗面をすませた。そのあと、彼女は鏡に向かい、習慣的にメイク・アップした。

目の大きいエキゾチックな美貌に、衰えは見られなかった。二十九歳にしては、若い顔である。白い皮膚には光沢があり、シミも小皺も目立たなかった。暗い感じのする眼差しが、思春期の少女のようであった。

バスタオルを巻きつけただけの身体も、小柄なせいか若々しかった。円い肩、胸のふくらみ、腰の曲線、むっちりした肉づきの太腿などにも弾力と張りが感じられ、成熟している女の匂いが溢れている。

まだ男に充分愛される肢体だと思い、千秋は満足もし億劫にもなった。ノースリーブのブラウスと白いショートパンツに着替えてから、玄関の郵便受けにある朝刊をとりに行った。

居間へ戻って、籐椅子にすわりながら新聞の社会面を開いた。昨夜この近くで、殺人事件があった、とすれば、その詳細が新聞に載っているはずだった。

昨夜はあれからが、大変な騒ぎになったのである。ここへ飛び込んで来た男が逃げ去って五分ほどすると、あちこちから呼応するようにサイレンを鳴らしてパトカーが集まって来た。

その後も続々と報道関係の自動車などが到着し、裏庭の外にある道路まで野次馬で埋まった。人声がうるさくて、千秋は窓やテラスの扉を残らずしめてしまったくらいである。興奮した野次馬は、なかなか散らなかった。

夜の住宅地がいつもの静けさをとり戻したのは、十一時すぎであった。刑事が聞き込みに訪れるのではないかと思っていたが、そういう気配はなかった。

ちゃんとした目撃者がいるので、聞き込みの必要はなかったのかもしれない。千秋は、社会面に目を走らせた。それらしい記事が、左端の漫画欄の隣りにあった。『会社員、路上で殺される』という見出しだった。

杉並区下井草五丁目六番地の路上で、とあるから、現場はこのアパートと五十メートルと離れていないところである。殺されたのは、目黒区上目黒に住む会社員で、殿村精四郎という男だった。二十八歳とある。

石で頭を一撃されたうえ、絞殺されたのであった。近くの家の主婦が犯人を見つけて、人殺しと叫びながら追いかけたが姿を見失ったという。犯人は三十歳ぐらい、淡い色のズボンに白のポロシャツを着ていた。

被害者は何も盗まれていなかったし、ひどく酔っていたようなので、行きずりの男と喧嘩となり殺されたのではないかと思われる。被害者の頭を殴った赤ん坊の頭ぐらいの石は、現場に捨ててあった。

逃げ足が早かった点、それに服装などから推して、犯人は現場付近に住んでいるとも考えられる。警察では、そうした線から捜査を始めた。と、新聞には、そのように報じられていた。

千秋は、朝刊を投げ捨てた。籐椅子の背に凭れかかって、軽く目を閉じる。今日も午前中から、日射しが強かった。裏庭の欅で、もう蟬が鳴き始めていた。頭の中がトロッとしてくるような怠惰な気分になる。

誰が殺されたのかわかってしまうと、もう昨夜の事件に興味はなかった。殿村精四郎という被害者は、見も知らぬ赤の他人である。ここへ逃げ込んで来た犯人にしても、同じことだった。

誰かが殺され、誰かがその犯人なのである。別に珍しいことではない。自分が被害者か加害者にならない以上、関係ないことなのだと千秋は思う。それより、疲れている自分をなんとかしなければならなかった。

電話が鳴った。電話機は、床の絨毯の上に置いてあった。しばらく鳴らしておいてから、千秋はおもむろに両足をのばすと電話機を股の下まで引き寄せた。はずれた送話器を手にして、頰と肩の間にはさんだ。

「千秋さんね。わたしよ、どう、ご機嫌いかが？」

華やかな女の声がそう言って、けたたましく笑った。井出麻知子であった。

「まあまあよ」

千秋は、表情のない顔を天井に向けた。井出麻知子は早くも、圭介と別れたという情報を摑んだらしい。閑を持て余している彼女が、そうと知ったら黙っていられるはずはなかった。

「圭介と、別れたんですってね」

はたして、井出麻知子は意気込んだ口調で、そのことに触れてきた。

「相変わらず、情報が早いのね」

千秋は、顔を上気させている井出麻知子の肥満体を頭に描いた。井出麻知子も圭介とは、夫の目を盗んで何度か浮気したことがあったのに違いない。

「昨夜遅く、圭介のほうから電話でそう報告してきたのよ」

「変な男ね。なぜ、そんなことをあなたに報告したりするのかしら」

「そりゃあ、あなたを圭介に紹介したのが、わたしだったからでしょ。でも、別れたと聞いて、わたし千秋さんのためにホッとしたのよ。あんな悪い男を紹介して、責任を感じていたんですもの」

「そんな必要ないわ。別にわたしが、彼のために苦しめられたってわけじゃなし……」

「わたしに対してまで、虚勢を張ることないわ。で、今度の女って、どんな人なのか知っている？」

「婚約者のいるごく当たり前なお嬢さんらしいわ。彼、そのくらいのことしか言わなかったの」

「圭介は、婚約者や恋人のいる女が趣味なのね。ほかの男から奪って、優越感を味わうのかしら」

「そうかもしれないわ」

「とにかく、元気を出しなさいよ。あなた、まだ若いんだから……」

「元気よ。ピアノのお稽古お休みにさせてもらって、海へでも行こうと思っていたところなの」

「ちょうど、いいわ。わたしも、葉山の別荘へ行こうかなって考えていたのよ。一緒に、行かない？」

「でも、ご主人ご一緒なんでしょ」

「ダンツクが行くなら、わたしも東京にいるわ。もちろん、わたしひとりよ」

「そう。じゃあ、連れてっていただこうかしら」

「決定よ。明日の午前中に、迎えに行くわ。せいぜい、夏の海辺での恋でも楽しみましょうよ」

と、井出麻知子は淫(みだ)らな笑い方をした。下品が下品と感じられないような、開放的で陽気で楽天家の麻知子であった。彼女は三十二歳で、夫との間に子どもがなかった。夫は深夜スナックで次々に当てた成金である。

麻知子の姪(めい)にピアノを教えていることから、千秋は彼女と親しくなったのであった。夫に若い愛人がいると知っても怒ったりせずに、麻知子は麻知子で勝手気ままに遊び回っている。好色な女だが、人はよかった。

ブザーが鳴った。千秋はかったるそうに立ち上がって、玄関へ出て行った。ドアをあけると、中年の男が立っていた。その後ろに、制服姿の若い警官がいた。

「中塚千秋さんですね」

中年の男が、表情を動かさずに言った。私服刑事に違いなかった。制服警官は、手にした帳簿のようなものを繰っていた。

「はい」

千秋は、冷ややかな目で頷いた。

「おひとりですか」

「そうです」

「警察の者ですが、昨夜の事件についてはご承知でしょうな」

「今朝の新聞で読みました」

「何か、心当たりはありませんか」

「と、申しますと？」

「もちろん、犯人についてです」

「さあ……」

「目撃者の話だと、このアパートの裏の通りで犯人を見失ったというんですがね」

「女の人が、何か叫んでいるのは聞きましたわ」

「そのほかには？　例えば、アパートの裏庭へ人がはいって来た気配がしたとか、近くで家のドアを締める音がしたとか……」

「気がつきませんでしたわ」

「そうですか。いや、どうもお邪魔をしました」

刑事は千秋の顔を一瞥（いちべつ）してから、軽く会釈（えしゃく）した。千秋は、その後ろ姿を見送りながらドアを締めた。嘘をついた、相手を騙（だま）したという意識はなかった。

自分に無関係なことで、質問されたり答えたりするのが面倒だったのである。犯人は、部屋の中を素通りしていっただけだった。ここは、道路も同じだったのだ。そう正確に打ち明けたところで、犯人がすぐつかまるというわけでもない。刑事も、そんなことを聞き込みに来たのではないのだ。犯人らしき住人がいるかどうかを調べるのが、目的だったのに違いない。

千秋は、そう決め込んでいた。あくまでも、自分は無関係だと思っていた。自分が犯人の顔を見た目撃者であり、相手もまた千秋に視線を向けているということを、彼女は考えなかったのである。

このまま犯人とも二度と顔を合わせない。したがって、自分は事件に無関係だ。千秋は漠然とだが、そう思い込んでいたのだった。

3

梅雨(つゆ)明けが遅かったせいか、八月にはいってからの海辺は異常なくらいの混雑を見せていた。葉山の一色(いっしき)海岸も、優雅な夏を過ごすという感じにはほど遠い雰囲気だった。無粋(ぶすい)な若者たちや惨(みじ)めったらしい家族連れが、かつての高級避暑地であった葉山周辺をガサガサした無料遊園地にしてしまっていた。浜辺も海も人で埋まり、夏の情緒も怠惰な休暇もそこにはなかった。

　ギラギラした真夏の陽光のように、ただ激しい浜辺の雰囲気に千秋は違和感を覚えた。失った青春を見せつけられ、まだ知らない家庭の和みを目の前に突きつけられる。彼女はひとり、疎外されているような気分を強いられた。

　麻知子は、そういう雰囲気が気に入ったようだった。すっかり若やいだ気持ちになり、青年たちのグループを見つけるとすぐ仲間入りした。千秋はいつもひとりで、砂の上にすわっていた。

　井出家の別荘は、海を一望にできる丘の上にあった。普通の家を買い込んだものだから、およそ別荘らしくない造りだった。洋間と和室が三部屋、あとは台所があるだけで、古い建物である。

　昼寝するには、最適な場所だった。冷たい畳の上に転がって、海から吹きつけて来る風を浴びながら蟬の声を聞いていると、いつの間にかウトウトとしてしまう。

　炊事は、土地の老婆を家政婦代わりに頼んである。朝九時に来て、夕方の五時に夕食の支度をすると帰っていく。何をやるにも、ひっそりと静かであって、昼寝の妨げになるようなことはなかった。

　千秋は、昼間のうちを家の中で過ごすようになった。雑誌を読んだり昼寝をしたりして、麻知子が引き揚げて来てから、薄暗くなった浜辺へ出かけていくのであった。

その日も、七時をすぎてから別荘を出た。海へははいらないが、一応水着をつける。やや裾が長めのビーチ・ウェアを着て、サンダルをはく。丘を下り国道一三四号線を突っ切って、五、六分歩くと一色海岸に出る。

さすがに、人影は疎らだった。若者たちが波打際で戯れているのと、砂の上に寝転んでピッタリ寄り添ったまま動かない男女が目につくだけであった。千秋は、人のいない場所を選んで、湿った砂に腰を落ち着けた。

海全体は、まだ明るかった。水平線のあたりが、乳色に煙っていた。海の色が昼間より鮮やかな濃紺となり、打ち寄せる波が冷たそうに白かった。千秋は両脚をのばし、腕で支えて胸をそらした。

「素晴らしいスタイルをしていますね」

不意に、そう声がかかった。千秋は驚いた。両肘が折れて、彼女は砂の上に仰向けに寝るという恰好になった。慌てて上体を起こしながら、傍に立っている男を見上げた。水着姿で脚の毛が濃く、胸のあたりも黒々としていた。

千秋は、慄然となった。背筋を、冷たいものが走った。夢を見ているのではないかと一瞬、疑ったくらいだった。間違いなく、あの男であった。彫りの深い知的な顔立ち、眉間のやや左寄りにある大きなホクロ――。

そうした特徴よりも、まず従兄の哲男に似ているという印象が、千秋の記憶を確かなものにしていた。絶対に、人違いではなかった。それにしても、空恐ろしくなるような偶然であった。

いや、偶然ではないかもしれないと、千秋は思った。たまたま葉山の一色海岸で出会ったのではなく、男は意識的に千秋のあとを追っていたのではないか。

何のために――。もちろん、千秋が目撃者だからである。事件現場で男を目撃したという近所の主婦は、彼の後ろ姿、背恰好しか見ていない。だが、千秋は犯人の顔を見ている。その点では、犯人にとって千秋のほうが怖い目撃者である。

千秋は、事件や犯人に対して関心がない。自分には無関係なこととして、犯人についての情報を警察に提供する意志は持っていなかった。事実、訪れた刑事にも、知らないと答えている。

しかし、犯人はそうと思っていない。目撃者を恐れている。はっきりと自分の顔を見ている千秋は、あらゆる意味で邪魔な存在である。場合によっては、彼女の口を封じなければならないのだ。

「どうしたんです。ぼくの顔に、なにかついていますか」

男は、困惑したように笑った。覗いた白い歯が、清潔な感じだった。

「い、いいえ……」

千秋は狼狽(ろうばい)しながら視線を海へ投げかけた。

「お邪魔しても、いいですか」

男が、言った。並んですわり、話をしてもいいかという意味である。千秋は黙っていた。どうぞとも言えない。拒絶すれば、開き直るのではないかという不安があった。

「あなたは、いつもおひとりなんですね」

男は千秋の返事を待たずに、その場にすわり込んだ。

「いつも……」

千秋は、ハッとなった。男はいま、初めて千秋を見かけたというのではないのだ。やはり、数日前から男はそれとなく、監視の目を光らせていたのに違いない。それなりの魂胆(こんたん)があってのことである。

「ええ。ぼくはもう三日前から、あなたという人に気がついていたんですよ」

男は、目だけで笑った。千秋には、ひどく冷たい笑いに感じられた。

「そうですか」

千秋は、素っ気なく答えた。心臓が、痛いほど鳴っている。男に近い部分だけ、肌が総毛立っているような気がした。

「あなたみたいに魅力的な人が、どうしていつもひとりでいるのか、不思議で仕方がなかったんです」

「そんな……」

「ぼくは、宮武友一郎という者です。失礼ですが、あなたは……？」

「中塚と申します」

「中塚、何とおっしゃるんです」

「千秋ですわ」

「千秋さん……。あなたに相応しい、いい名前だ。奥さんという感じもするけど、違うんでしょう」

「ええ」

「よかった。そう聞いて、安心しましたよ。あなたみたいな人には、独身でいてもらいたいですからね」

「あなたは……」

と、言いかけて、千秋は思い留まった。早く男の魂胆を確かめたい。だが、質問することが恐ろしかったのだ。

「何ですか」

宮武友一郎と名乗った男は、千秋の顔を覗き込むようにした。

「あなたも、ここへおひとりでいらしているんですか」

千秋は、思いきって質問を口にした。

「そうですよ。すぐそこの、海明館という旅館に泊まっていますよ」

宮武友一郎は、屈託なく答えた。

「もう、何日ぐらい前から?」

「今日で、六日目になります」

「お仕事は、何もなさっていらっしゃらないんですか」

「いまのところはね。一週間前に、勤めていた会社をやめたんです」

「どうしてですの」

「上役と、喧嘩しましてね。もともとケチな会社で、やめる機会を狙っていたようなものでしたから……」

「でも、これからのことがあるでしょうに……」

「大丈夫です。ぼくはこう見えても、建築関係の技術者なんですよ。その気にさえなれば、就職口には不自由しません」

男は自信ありげに笑った。しかし、千秋は宮武友一郎の言葉を、本気にしていなかった。彼の話は、いかにも不自然である。まだ三十をすぎたばかりの男が、たったひとりで海辺の旅館へ来ている。

珍しいことと言えた。たとえ妻子がなくても、恋人なり友人なり一緒に夏の海を楽しむというのが自然であった。ひとりで混雑している海辺の旅館に、潜伏しているとも考えられるではないか。

一週間前に、勤め先をやめたというのも気になった。一週間前と言えば、事件のあった翌日である。宮武友一郎は、人を殺した。逃げなければならない。それでまず、勤めていた会社をやめた。

彼は、千秋が葉山へ行ったことを突きとめた。アパートの持ち主に連絡先として、葉山の別荘の所番地と電話番号を知らせてある。アパートの持ち主は、すぐ隣りの家に住んでいる。そこへ行って訊(き)けば、千秋の行く先はすぐわかる。

勤め先をやめた翌日、宮武友一郎は葉山へ向かった。千秋の動静を監視しながら、警察の目を逃(のが)れるという一石二鳥の手段だった。彼が葉山へ来て、今日で六日目だということがそれを裏付けている。

千秋は、立ち上がった。そうと察しをつけたとたん、急に宮武友一郎とふたりだけでいることが恐ろしくなったのである。いまにも彼が険しい顔つきになって、首を絞めに来るような気がするのだった。

「明日の晩、もう少しゆっくり会っていただけませんか。九時に、ここでお待ちしていますから……」

妙につきつめた表情で、宮武友一郎が言った。千秋は無言で、早足に歩き出した。

4

東京へ帰ろうかと思った。地元の警察へ、人殺しがいると駆け込もうかとも考えた。しかし、翌日になると千秋の気持ちは、不思議なくらいに落ち着いていた。ただやたらとビクビクしていた自分が、滑稽にも思えた。

なにもそう怖がることはないと、千秋は余裕を取り戻した思考力で判断した。宮武友一郎が目撃者としての千秋の口を封ずるつもりなら、すぐにでもそのとおり行動に移したはずだった。

だが、宮武は何もしなかった。そうするだけの勇気がないのである。宮武は人殺しであっても、凶悪な犯罪者ではないのだ。行きがかり上、ほんのはずみで殿村精四郎という男を殺してしまった。

ただ、それだけのことなのである。宮武は知性も教養もある男なのだ。おそらく、暴力を否定する考えを持っているに違いない。やたらに人を殺せるという男ではないのである。

たぶん、このまま千秋が知らん顔でいれば、無事にすむだろう。千秋の出方を見守っている段階なのだ。危険はないと見れば、彼女に対して宮武はなんの手出しもしないと考えていい。

なにも、小娘みたいにソワソワすることはない。現在の自分は、生きていることさえ億劫だという心境にあるはずだった。孤独な放浪者ではないか。そう思えば、どうにでもなれという気持ちにもなる。

しかし、もちろん夜の九時に浜辺で会おうという宮武の誘いに応ずる意志はなかった。夜遅く、彼とふたりだけになるのは、やはり恐ろしい。宮武がどんなつもりで誘ったのか、見当もつかないのである。

それが、その夜九時近くになって、千秋は夜の浜辺へ足を向けずにいられない破目となったのであった。その責任は、井出麻知子にあった。

というより、刺戟されれば血が熱くなり、充たされない気持ちが女心を奇妙な方向へ走らせる、千秋の動物的な本能が原因だったかもしれない。

いつものように夕方から、浜辺へ出て行った。警戒していた宮武の姿は、見当たらなかった。すっかり暗くなってからも、千秋は砂浜を歩き回った。風が強くて高い波が押し寄せて砕け散る。それが豪快で、美しかったからである。

人気のない砂浜の端や松林の中では、大胆な愛戯がくり広げられていた。唇を重ねながら、男と女が闇の中で蠢いている。中には男に乳房を吸われて、悶えるような声を洩らしている女もいた。

千秋は、妙な気分になった。苛立たしく、いまの自分はひどく怒りっぽいに違いないと思った。船橋圭介に抱かれている自分を、想像せずにはいられなかった。自然に、息遣いが荒くなった。

千秋は、急いで別荘へ戻ろうという気になった。冷たいものでも飲みながら、麻知子のくだらない話を聞いているほうがまだマシである。退屈しないし、そのうちに眠気を招く麻知子の話だった。

別荘の二階の窓だけが明るく、階下は暗かった。二階は六畳の和室で、麻知子と千秋の床がとってあるはずだった。千秋は、玄関から家の中へはいった。廊下の突き当たりに、二階への階段があった。

当然というようにその階段をのぼりかけた千秋の足が、ギクリととまった。二階の部屋の、妙な雰囲気を感じとったのである。静かだったが、何か聞こえる。忙しく吐き出される息のようであった。

「もっと、強く……」

突然、麻知子の甲高い声が頭上でした。千秋は、その場に立ちすくんだ。

「愛している」

呻くように、男の声が言った。今日の午後、麻知子を迎えに来た三人の青年のうちのひとりの声である。昨日、浜辺で麻知子は、その三人組の青年と親しくなったのだ。

「わたしだって、愛しているわ。もう、夢中よ」

と、麻知子の声は、泣き出すときのように震えていた。喘ぎが激しくなり、男の荒々しい息と麻知子の甘い呻き声が呼応するように聞こえてきた。千秋は、胸のときめきとともに激しい怒りを覚えた。

いったい、どうしたらいいのか。これでは、いるところがないではないか、と大声で叫びたかった。見知らぬ男女が星の下で、睦み合っているのとは違うのである。

相手は、親しい間柄の麻知子なのだ。しかも、若い男を引っ張り込んでわれを忘れている場所は、千秋の寝床のある部屋であった。それだけに、目で確かめなくても、生々しい感じがするのである。

人妻のくせに、とこのときだけは倫理を重んじる千秋になっていた。口惜(くや)しかった。奔放(ほんぽう)に男を求めて、それに没入できる麻知子に対する嫉妬であった。それに刺戟されて、燃え上がろうとする自分自身への怒りだった。

千秋は階下の洋間へはいると、スーツケースから淡い水色のワンピースを取り出した。ワンピースに着替えて、鏡の中を覗き込んだ。頬が上気して、潤(うる)んだような目がキラキラ光っていた。

千秋は、外へ出た。なかば走るようにして、歩いた。東京では見られない満天の星が、視界の半分を占(し)めていた。自分を誘い、待っている男がいる。男の目的が何であろうが、いっこうにかまわない。

恐怖も不安もなかった。いま欲しいのは、自分と喋(しゃべ)ったり行動したりする男なのである。死とか絶望とかいうものは、その後のことであった。千秋は、全身がじっとりと汗ばんでいるのを感じた。

広い砂浜には、幾組かの男女のシルエットがあるだけだった。宮武友一郎は、約束の場所にしゃがみ込んでいた。千秋は砂を蹴立(けた)てて歩き、宮武の前を一メートルほど通りすぎてから立ちどまった。

「もう来てくれないだろうと、半分諦めていたんです」

のっそりと立ち上がって、宮武が溜め息まじりに言った。

「ずいぶん、諦めのいい方ね。まだ、九時十分すぎでしょ」

男に背を向けて、千秋は怒ったような横顔で海に見入った。風が吹きつけて、千秋の髪の毛とワンピースの裾が宙に舞った。

「あなたみたいな人が、そう簡単に頼みを聞き入れてくれるとは、最初から思っていなかったんです」

宮武は苦笑しながら、千秋の背後へ歩を運んだ。

「じゃあ、来なかったほうが、よかったかしら」

千秋は、皮肉っぽく言った。いちいち、突っかかっていく自分を、彼女は意識していた。興奮しているのである。

「とんでもない」

宮武は、真剣な面持ちで頭を振った。

「それで、わたくしにどんなご用？」

事務的な口調で、千秋は訊いた。

「用っていうほどのことはないんですが、ただあなたと一緒にいたくて……」

「なぜかしら」

「あなたが、好きだからです」

「妙な話だわ」

「どうしてですか」

「あなたが、わたくしにそんな気持ちを抱くっていうことが……」

「あなたは、魅力的な女性。ぼくは、独身の男。当然なことじゃないですか」

「いつから、あなたの意識の中に、わたくしが存在するようになったのかしら」

「六日前、この浜辺であなたを見かけたそのときからです。それ以来、毎日あなたを遠くから眺めて、はなはだ一方的ですが愛してしまったんです」

宮武は千秋の前へ回って、熱っぽくそう言った。

嘘をつけ！　と千秋は胸の奥で叫んだ。ふたりの出会いは、八日前である。宮武はそのことにまったく触れずに、六日前初めて千秋を見かけて以来、特別な感情を抱くようになったと告白した。

宮武は、下井草のアパートの部屋で千秋と顔を合わせたことを、無視しようとしている。暗黙のうちに、あの事実はなかったことにしてくれと、宮武は千秋に頼んでいるのだ。

一種の取引きである。目撃者の口を封ずる方法は、二通りあった。この世から抹殺するか、情の絡みによって味方に引き入れるかであった。宮武は、その二番目の方法を用いたのだった。

男は殺人犯、女は目撃者、という事実にはいっさい触れず、さりげなく接近するその男女が、深い仲になる。女にとって、目撃者という立場より愛のほうが先行する。宮武はそういう効果を、狙っているのに違いない。

「遠くから眺めているだけで、愛してしまうなんて……」

千秋は、目を細めた。星のある空、夜の大海原、白い波、輝く砂、男と女が愛し合う舞台装置は完璧だと彼女は思った。

「結婚するつもりでいた女がいたんです。しかし、交通事故で死にました。あなたが、その、そっくりなんです」

「死んだ恋人に、よく似ている。使い古された口説き文句だわ」

「いや、本当なんですよ」

「まあ、いいわ」

口実も取引きも、無用であった。このときの千秋はただ激しさに溺れ、自分を粉々にするような力に身を委ねたかったのである。

5

海明館という旅館は、一色海岸からヨット・ハーバーのほうへ向かって右側にある松林の奥にあった。本館のほかに、二棟ばかり塀に囲まれた離れがある。その離れの一つを、宮武は借りていた。

六畳の座敷の雨戸や窓は開放されていて、松風の音とともに冷たい夜気が流れ込んでくる。しかし、寝室のほうは窓も固く閉ざされていたし、三方が壁と襖であった。離れで、冷房の装置はなかった。

一応は、塀で囲んである。しかし、場所が場所だけに、夜遅くなって寝室を覗かれるという恐れがあった。そのための用心に、寝室の窓は雨戸もガラス戸も締めてあるのだ。

しかも、蒸し風呂のようなその密室の中で、男と女の爛熟した行為が続けられたのである。触れ合う肌が汗に濡れていて、生温かい感触とともにヌルッと滑った。

だが、こうした場合の汗は、少しも不快ではなかった。むしろ、激しい発汗が燃え盛っているという意識を強め、男も女もいっそう煽られて、忘我の境へとひたむきに突っ走るのであった。

千秋はさすがに、船橋圭介に導かれるほど乱れることができなかった。初めての相手が彼女の敏感な部分を知るはずがないし、やはり羞恥と不安が苛立つほどに頭をもたげてくるのであった。

しかし、殺人者に抱かれているといった恐怖、嫌悪感はまったくなかった。あまりにもあっさりと誘惑に乗った千秋を、戸惑ったように扱いかねている宮武を見たとき、彼女は好感を持てたくらいだった。

宮武はそれでも、必死になって奉仕した。接吻にも時間をかけたし、千秋の胸の蕾を丹念に愛撫して、彼女の全身に唇を這わせた。相手をしてやるという傲慢な圭介と違って、愛を動作に表わそうと努める誠意が感じられた。

千秋は感覚よりも、気持ちの上で燃え上がっていた。とにかく、すべてを忘れて何もなくなった世界へ沈みたいとみずからを煽り、殺人者にいともたやすく抱かれるという自虐的な快感さえ求めていた。

それは、官能の極みではなかった。めくるめく一瞬でもない。だが、宮武が果てた直後に、このまま狂い死にしてしまえと怒濤のような何かが押し寄せてきて、千秋が悶え四肢を痙攣させたことは事実である。

そのあとに訪れたのは、無と虚脱感であった。身動きする気にもなれず、千秋は波打つ胸をその上に置いた手で感じていた。身体が軽くなったとたん、襖をあける音がした。宮武が、そうしたのである。

六畳の電気も消してあったので、星明かりがほんのりと射し込んできただけだった。風が、吹き込んでくる。皮膚に冷たさを感じて、夜具まで濡れているほど汗をかいていたことに気づいた。

「もう、十一時をすぎたわね」

かすれた声で、千秋がもの憂く言った。

「時間なんか、気にしちゃいけない」

宮武が戻って来て、千秋と並んで横になった。

「そうね」

千秋は、素直に頷いた。

「こうなったふたりにとって、時間なんか問題じゃないだろう」

宮武の言葉には、自嘲的な響きがあった。

「この旅館、満員なのね」

千秋は、話題を変えた。

「夏は、毎年そうだ。五月には予約しておかないと、駄目だという話だよ」

「あなたも、この離れを五月から予約しておいたの」

「ぼくじゃない。この海明館の経営者の奥さんの弟っていうのが、高校時代からのぼくの親友でね。そいつに頼んで、無理を聞いてもらったのさ」

「ひとりで来ているのが、もったいないみたい」

「あんたさえよければ、今夜からここにずっといてくれてもいいんだ」

「そういう意味じゃなくて、なぜあなたは最初からここへひとりで来る気になったのか、不思議なの」

「性分(しょうぶん)だな」

「連れて来る人が、いないっていうわけなのかしら」

「そうだ」

「あなたって、いつもひとりなのね」

「あんたと同じだ」

「東京のお住まいは、どこなの」

「大森(おおもり)。家族なし、アパートでひとり暮らしさ」

「その点も、わたくしと同じね」

「どこに住んでいるの」

徹底して宮武は、とぼけるつもりらしい。千秋のことを知ったのは葉山へ来てから、で通す考えでいるのだ。

「知りたい？」

「知りたいな」

宮武は、低い声で言った。

「杉並よ」

「杉並のどこ？」

「下井草五丁目……」

真っ暗な天井の隅へ目を向けて、千秋はそう言葉をこぼした。宮武がどんな反応を示すかと、彼女は一瞬緊張した。しかし、反応はまるでなかった。闇の中で、宮武は何も言わずにいた。

いや、黙り込んでしまったことが、反応かもしれなかった。宮武は、何か考えている。目で確かめなくても、微動だにしない気配でそうとわかった。

「君……！」

不意に、宮武が弾かれたように起き上がった。千秋は、ハッとなった。宮武がいきなり、彼女の胸の上にのしかかって来たからである。殺される——と、千秋は四肢を縮めていた。

「結婚しよう！」

宮武はそう口走り、まだ湿(しめ)っている千秋の円い肩に手をかけて揺すった。

「結婚……？」

予期していなかった宮武の言葉と、殺されるのではないという安堵感に、千秋は茫然(ぼうぜん)となった。

「そうだよ」

「いきなり、そんなこと言われたって……」

「君だって、ぼくとこうなる前、チラッとでも結婚を考えたはずだ」

「まさか……！　わたくしに、そんなつもりは毛頭なかったわ」

「だったら、いまからでもいい。ぼくとの結婚を考えてくれ」

「あなた、本気で言っているの」

「本気だ」

「わたくし、一度結婚しているのよ。それでも、いいの」

「君みたいに、素晴らしい人はほかにいないんだ」

「わたくしのことを、まだ何も知らないくせに……」

「いや、わかるような気がする」

「いいえ、わかってないわ」

「愛しているんだ」

と、宮武は唇を重ねてきた。異常なくらいの激しさだった。彼の舌の動きに応じながら、千秋にはよくわからなくなってきた。取引きの道具に、宮武は結婚まで持ち出してきたのである。

もっとも、結婚ほど完全な懐柔手段はなかった。夫婦となれば、利害関係も一つになる。妻が進んで、夫を殺人者として告発するような心配はまずなかった。

千秋は平然と、杉並区の下井草五丁目に住んでいると口にした。それは受け取りようによっては、何もかも知っているぞと匂わせているみたいな言い方であった。そうと聞いて、宮武は考え込んだ。

そうした千秋の出方に対しては、結婚という取引きの道具によって応ずるほかはない。すでに、他人ではなくなっている。千秋も、拒みはしないだろう。そのように、宮武は計算したのだった。

千秋にはもちろん、宮武との将来をそんなふうに考えていなかった。彼は興味の対象であり、夏が去るとともに消える関係にすぎなかった。欲望に駆られ、スリルのある情事を楽しんだその相手なのである。

結婚そのものは、悪くない。しかし、夫となる人間が犯罪者では、話にならなかった。千秋さえ沈黙していれば、宮武の殺人は永久に発覚しないという保証もない。

「結婚なんて、とても……」

千秋は、宮武が唇を離すのを待って、呼吸を乱しながら言った。

「ぼくとでは、駄目なのかい」

宮武は、見事に盛り上がった白い半球形に唇を触れた。

「男で、懲りたの。もう、誰にも尽くしたくないわ」

千秋は、眉をしかめた。身体の芯に残っている悦楽の余燼が、宮武の愛撫でくすぶり始めたのである。

「尽くしてくれとは、頼まない」

「結婚するなんて、無理をしてくれなくてもいいのよ」

「それは、どういう意味だ」

「いまのままで、あなたが不利になるようなことを言ったりはしないわ」

「頼む。ぼくは、必死なんだ」

「もし、どうしてもいやだって、言ったら……?」

千秋は、宮武の顔を見上げた。

「殺してやる」

宮武は、闇の中に陰気な声を響かせた。

6

千秋は、海明館の離れで朝を迎えた。宮武は、鼾（いびき）をかいて眠っていた。無理もなかった。ふたりが、互いに背を向け合って目を閉じたのは、明け方の五時ちょっと前だったのである。

宮武は狂ったように求めて、消耗（しょうもう）し尽くしたのだ。千秋を愛しているという言葉が真実なのか、それとも殺人者であるみずからの立場を忘れるためなのか、とにかく彼は千秋の肉体にすべてを賭（か）けているようだった。

千秋も、さすがに疲れた。男の疲れ方とは違うだろうが、全身が骨抜きにされたようにだるく、腰が重かった。不快な疲労感ではなかったが、現実の生活というものがピンと来ないほど身体が頼りないのだ。

気持ちはともかく、充足はしていた。宮武は、結婚しなければ殺すと言った。理由はともあれ、殺すと言う男の激しい行為は、強烈な刺戟を与えるものだった。場合によっては、自分を殺すかもしれない相手なのである。しかも、すでに人間ひとりを殺している宮武なのだ。その宮武が、千秋を甘美に充たすのであった。恐怖と陶酔が入りまじり、千秋はいっそう燃え盛った。

「帰るのか」

寝室を出ようとする千秋の背中に、宮武の沈んだ声がかかった。

「ええ。お友だちが、心配していると思うの。無断外泊して……」

千秋は、宮武の目に触れないところに立って浴衣(ゆかた)を脱(ぬ)ぎ捨てた。

「それで、答えは結局どうなんだ」

襖の向こうで、宮武が弱々しく言った。結婚を承諾するかどうか、訊いているのであった。

「いやだって言えば、わたくしを殺すんでしょ」

そのことを思い出して、千秋はふと恐怖に駆られた。殺されるという実感は湧かなかったが、何事もなくすむはずもない。警察へ駆け込むか、結婚すると答えてしばらく様子を見るか、そのどちらかしかない。

「君を、ほかの男に渡したくないからな」

「ただそれだけの理由？」

「ほかに、何かあるか」

「あなたは、もっと素直になる必要があるわね」

「ぼくは、つねに素直さ」

「一晩で、わたくしたちは最も深い仲の男女になったのよ。お互いに、胡魔化し合うのはよしましょ」

「何を胡魔化していると、言いたいんだ」

「昨夜も、言ったはずだわ。結婚なんて無理をしなくても、あなたに不利になるような証言をする意志はないって……」

「証言ね」

「わたくし、あなたを恐れていないわ。不思議と……」

「そうかな。君は昨夜、ぼくが殺してやると言ったとき、全身を硬直させたぜ」

「あなたの住まいは、大森だったわね」

「そうだ」

「大森に住んでいるあなたが、なぜ杉並の下井草五丁目なんかに来ていたの」

「何の話だ」

「胡魔化さないで！　九日前になるのかしらね、八月三日の夜のことよ」

「ぼくの親友、つまりこの海明館の経営者の妻の弟っていうのが、下井草の五丁目に住んでいてね」

「そう」

「人間、自分の住まいに関係のないところへも、用があれば行くものさ」

「あのとき殺された殿村精四郎という人も、目黒に住んでいる人だったわね」

「そうだったっけ」

「大森に住む人と、目黒に住む人が、杉並の下井草五丁目で交錯して、そこで事件が起こった……」

「目黒の住人は殺されて、大森の住人は近くのアパートに逃げ込んだ。テラスから部屋の中へ侵入すると、ベッドの上に美しい裸女がいた。数日後、神奈川県は葉山の海岸で、大森の住人はその美女と再会、深い仲になった。まさに、ドラマだね」

と宮武は笑った。

千秋は、髪の毛が逆立つ思いだった。初めて、本物の恐怖を味わった。宮武があの夜の男であることを、みずから認めたためであった。

やはり、千秋の心のどこかには、何かの間違いであってくれという期待があったのだ。

あの夜の男に、宮武はただそっくり似ているだけだ。いや、あの夜の男であっても、千秋の顔を記憶していない。そんなふうに、思いたかったのである。だが、そうした期待は裏切られた。宮武は正真正銘あの夜の男であり、千秋がアパートの部屋のベッドの上にいた女であることも知っていたのだ。

気がつくと、いつの間にかワンピースに着替えてしまっていた。冷静さを、まったく失っている証拠であった。隣りの部屋には、千秋が決定的な証人になることを承知している殺人犯がいるのだ。

逃げよう――と、千秋はとっさに決心していた。足音を忍ばせて、離れの玄関のほうへ向かった。同時に、後ろで襖がガラリと開かれた。千秋は、その場に立ちすくんだ。

「どうしたんだ、急に……」

宮武の声が近づいてきて、千秋の両肩に彼の手がかかった。千秋の喉の奥が、風が洩れたように鳴った。そのまま、身体の向きを変えさせられた。胸を合わせると、すぐ目の前に宮武の顔があった。

「君は、知らん顔でいればいい。ぼくは、君が欲しいだけだ」

厳しい表情で、宮武は言った。

「わかっているわ」

頷こうとした千秋の顎に、宮武が二本の指をかけた。彼は、軽く唇を合わせた。

「今夜、また来てくれるね」

と、宮武は、目で笑った。

「ええ……」

千秋は、顔を伏せた。彼女を押しやるようにして、宮武が手を放した。千秋は彼の視線を痛いほど感じながら、離れの玄関へ向かった。鍵をはずして、格子戸をあける。本館とは逆の方向へ歩いて、松林を抜けた。

今日も、一色海岸は大変な人出だった。まだ午前十時をすぎたばかりだが、砂浜はもう肌色の混雑で埋まっていた。千秋は、足早に歩いた。海や空の明るさに、寝不足の目が痛かった。

宮武とは二度と会うまい、と思った。その代わり、警察にも通報しないつもりだった。宮武との関係を問われた場合、答えようがないのである。犯人の顔を知っている、というだけの千秋ではなくなっているのだ。

殺人犯と承知のうえで、繰り返し関係したことが明らかになるだろう。世間には知れなくても、警官にはそのことを打ち明けなければならない。恥ずかしくもあり、考えただけで億劫だった。

それに、宮武も知らん顔でいる限り、危害は加えないとほのめかしていた。互いに何も知らず、事件には無関係な男と女になればいいのだ。つまり、宮武と葉山へ来て言葉を交わす、その以前の状態に戻ればいいのである。

坂を登り、別荘の門をはいった。蟬の声が、降るように聞こえてきた。玄関のドアが、半開きになっていた。中を覗くと、三和土に男の靴があった。見憶えのある靴である。船橋圭介が、これと同じような靴をはいていた。

「あら……」

廊下で人影が揺れて、麻知子の甲高い声が飛んで来た。

「どうしたの、千秋さん……！」

と、麻知子は駆け寄って来て、千秋の肩を叩くような仕種をした。珍しく、笑ってない麻知子の顔だった。

「別に……」

千秋は、首を振った。

「心配させないでよ」

麻知子は、やりきれないというふうに肩をすくめて見せた。

「誰が、来ているの」

千秋は、男物の靴を指さした。

「それがね、圭介が来ているのよ」

麻知子は声をひそめて、ひどく深刻な面持ちになった。

「彼が……」

そうではないかと思っていたが、そのとおりだとわかると千秋は妙な気持ちになった。圭介とはまだ別れていないように錯覚し、同時にほかの男と一夜をともにして来たことが不思議に感じられるのであった。

「今朝早く、ここへやって来たの」

「何のために？」

「それが、よくわからないのよ。様子が変だわ」

「新しい彼女、どうしたのかしら」

「別れたんですって」

「もう……！」

「とにかく、あなたに会いたいって言っているわ」

「いくらなんでも、別れるのが早すぎるわ。何か、あったのね」

「新しい彼女とは、愛し合っているけど別れなければならなくなったとか、わけのわからないことを言っているの」

「とにかく、会いましょ」

千秋は、麻知子と並んで廊下を歩いた。圭介のような男が、別れた女のところへノコノコやって来るというのは、よほどの事情がなければ考えられないことだった。千秋は、悪い予感を覚えた。

7

八畳の座敷に、千秋、麻知子、圭介の三人は、それぞれ勝手な位置を占めてすわっていた。風が吹き抜けて行くだけで、重苦しい沈黙が続いている。三人の視線が、まったく別の方向へ走っていた。

十日間のうちに、圭介は別人のように変わってしまっていた。すっかり、憔悴（しょうすい）している。庭の緑が反射しているせいもあるだろうが、彼の顔色は青黒かった。オシャレな圭介が、髭（ひげ）も剃（そ）っていないのだ。

「話があるなら、どうぞ」

千秋は、庭先へ目をやりながら言った。意識して、冷淡な態度をとっているわけではなかった。一種の義務感から圭介の話を聞いてやろうと思っているだけで、彼に対する憎しみや腹立たしさはないのである。

「実は……」

圭介は、重そうに唇を動かした。

「絹江……つまり、彼女なんだが、愛し合っているんだ。しかし、どうしても別れなければならなくなってね」

弱々しい目つきで言って、圭介は深くうなだれた。

「それは、わかったわよ。もっと、詳しく説明してくれなければね」

麻知子が弟に対する姉のように、高圧的な態度に出た。扇風機の風が、彼女のほうだけに吹きつけていた。

「絹江は、ぼくに対して疑惑を抱いた。その疑惑だけは、愛することで埋められないんだよ」

圭介は、膝頭を小刻みに揺すりながら、軽く咳き込んだ。

「圭介の何を、その絹江さんっていう人は疑っているの」

麻知子が間を置かずに、質問を重ねた。短いスカートがずれ上がって、むっちりした肉づきの白い太腿が剝き出しになっていた。昨夜そこを若い男の手が這い回ったのだろうと、千秋はこの場に無関係なことを考えていた。

「ぼくが、人を殺したんじゃないかって、絹江は……」

「何ですって！」

麻知子が、頓狂(とんきよう)な声を出した。千秋も、驚かずにはいられなかった。

「あなたが、誰かを殺すという可能性があったわけね」

千秋が訊いた。

「いや、その殺人事件は、けっして計画的なものではなかったんだ」

圭介は、両手を畳についた。すわっている気力もないらしい。

「それで、絹江さんという人の疑いは、間違ってなかったの」

「そうなんだ」

「誤解じゃないのね」

「その男を殺したのは、確かにこのぼくだったんだ」

「いったい、誰を殺したの」

「殿村精四郎っていう男なんだ」

「え……！」

「絹江の婚約者だよ」

「じゃあ、あの夜……」

「そうなんだ。君にさよならを言って、アパートを出た。そこを、殿村という男が待ち受けていて……」

「殿村っていう人は、あなたのあとを尾行して来ていたのね」

「あのときだけじゃない。ぼくを尾行して、絹江を返してくれ、絹江から手を引けって文句をつけてくることが、もう三、四回はあったよ。いつも、フラフラするほど酔っぱらっているんだ」

「あの夜も、そうだったの」

「いきなり、石を摑んで殴りかかってきた。それで石を奪い取って、逆に殴りつけると殿村は地面に倒れ込んでしまった。こうなったら息の根をとめてやらなければと、夢中で首を絞めたんだ」

「そう。だったら、絹江さんっていう人があなたを疑うのも無理はないわ」

「いわば、偶発的な事故だったんだ」

「それでも、殺人には変わりないでしょ」

　そう言いながら、千秋の頭の中はひどく混乱していた。圭介が、冗談を言っているとは考えられない。今度の恋人には婚約者がいるという話も聞いていたし、彼の話はすべて辻褄が合っているのだ。

病人のような圭介の顔も、苦悩し続けたという証拠だった。夢にも思ってみなかったが、殿村精四郎という男を殺したのは圭介なのである。だが、そうなると、宮武のことはいったいどうなるのだろうか。

「それで、何のためにわざわざ葉山まで、千秋さんに会いに来たりしたの」

麻知子が、圭介のほうへ膝を進めた。

「頼みがあるんだ」

圭介は顔を上げて、恐る恐る千秋の表情を窺った。千秋は、横を向いたままだった。

「どんな頼み？」

千秋に代わって、麻知子が訊いた。

「これから、自首するつもりなんだけど、千秋さんに一緒に行ってもらいたいんだ。ひとりじゃ、心細くて……」

圭介は千秋に向かって、深々と頭を垂れた。どうするというように、麻知子が千秋の横顔を見やった。

「せっかくだけど、お断わりするわ。これから、行くところがあるの」

千秋は、勢いよく立ち上がった。圭介や麻知子がどんな顔をしているかも確かめずに、千秋は部屋を出た。そのまま玄関に向かい、脱いだばかりのサンダルをはいた。

海明館についたときは、ハンカチが重くなるほど汗をかいていた。雨戸もガラス戸も残らず開け放たれている離れの座敷で、宮武は大の字になっていた。浴衣を着て、顔の上に開いた雑誌をのせていた。

「ねえ……」

縁側に腰をおろして、千秋はそう声をかけた。宮武はまず顔の上の雑誌を落として、身体を半回転させながら眩しそうに縁側のほうへ顔を向けた。

「ちょっと、知らせたいことがあって来たのよ」

千秋は風に乱れる髪を押さえて、表情のない顔になった。

「海岸へ出てみようか」

宮武は立ち上がって来て、縁側の下にある沓脱ぎの庭下駄を突っかけた。

「犯人が、つかまったわよ」

宮武のあとを追いながら、千秋は言った。麻知子に付き添われて警察へ向かう圭介の姿が、チラッと脳裡をかすめた。

「犯人……?」

宮武は、振り向こうともしなかった。

「下井草五丁目の路上で、殿村精四郎という人を殺した犯人だわ」

　千秋は、宮武と肩を並べた。

「ああ、あの事件の犯人ね」

「あなたって、嘘つきなのね。犯人みたいなフリをして……」

「しかし、ぼくがあの事件の犯人だとは、一度も言ってないぞ。ぼくはただあの晩、君のアパートの部屋に侵入したことを認めただけだ」

「なぜ、わたしの部屋へ逃げ込んで来たりしたの」

「ぼくは、路上に倒れている男を見つけて、覗き込んでいただけなんだよ。すると、近くの家から女の人が飛び出して来て、大声で叫び始めた。犬は吠えるし、人殺しって追いかけられれば、逃げ出したくなるのが人情というものだろう。災難を一時避けるために、君の部屋へ逃げ込んだというわけさ」

「わたくしみたいな不精(ぶしょう)な女でなければ、あなたのことはとっくに警察に通報されていたわ」

「しかし、ぼくが犯人じゃないことは、警察ですぐ証明できただろう。それはともかく、君には感謝している」

「今さら、何を言ってるの。わたくしを怖がらせて、弄(もてあそ)んだくせに……」

「弄んだとは、ひどいね。ぼくは、君を見かけたとき、あの晩の女性だなとすぐ気づいた。ひどく魅力的だったし、君はぼくのことを殺人犯だと思い込んでいる。夏の海辺のハプニングを、楽しみ楽しませようという気になったんだ」

「やっぱり、何もかも嘘だったんじゃないの。死んだ恋人によく似ている。目下失業中だ、親友が下井草に住んでいるなんて……」

「いや、そうしたことは全部、事実なんだ」

「結婚してくれっていうのも？」

千秋は、悪戯っぽく笑った。

「もし、お望みならば……」

立ちどまって、宮武は真顔になった。

「冗談のほうが、面白いわ」

千秋は、松の木に凭れかかった。松林の中は日陰になっていて、風も乾いていた。足許は、白い砂地だった。松林を出たところから先が無数の人で埋まった砂浜で、その先に濃紺の海があった。

すべてが、芝居に違いなかった。男と女、いや人間は生きている限り、芝居を続けなければならない。どうせ芝居なら、深刻に泣いたり叫んだりすることはなかった。冗談で、いいではないか。

「あの事件の犯人って、どこのどいつだったんだろう」

宮武が言った。

「さあ……。そこまでは知らないわ」

千秋は、水平線から盛り上がっている銀色の積乱雲に目を細めた。天下泰平(たいへい)、平和そのものの視界だった。この夏もやがては去る。千秋は空(むな)しさとともに、明日を考えるのも面倒な倦怠(けんたい)感を味わっていた。

拒絶の影

1

正面の壁に、外国人の肖像画が金色の額縁(がくぶち)で飾られている。世界のホテル王と称されたE・Mスタットラーの肖像画であった。E・Mスタットラーは、久保田万造(くぼたまんぞう)の最も尊敬する人物である。彼は、十五歳のときから、スタットラーを目ざした。六十三歳になった現在、久保田万造は念願を果たして、日本のホテル王と称賛されている。

現在は、ホテルがチェーン化されている。久保田万造の場合も、ホテルの名称によってチェーン化されていることを明確にしていた。東京の赤坂(あかさか)にあるのは『東京ホテル・ニッポン』という名称だった。福岡のは『博多(はかた)ホテル・ニッポン』、大阪の場合は『大阪ホテル・ニッポン』であり、ほかに鹿児島、宮崎、広島、神戸、奈良、名古屋、長野、横浜、仙台、十和田(とわだ)湖、札幌とある。

日本のホテル王と言われる人間の経営だけあって、数も規模も圧倒的な雄大さを誇っていた。そして十日前に、十五番目のホテル・ニッポンが京都にオープンされたのであった。『京都ホテル・ニッポン』は、京都市の北端にある。河原町通りを北へ抜けると、府立大学や植物園にぶつかる。

『京都ホテル・ニッポン』は、その府立大学のさらに北側にあった。ホテルの西側には、府立総合資料館がある。北は深泥池、やや東寄りの宝ケ池の公園地帯には、二千五百人収容の大会議室や外国代表の個室など、工費四十億円をかけて建設した国立京都国際会館があった。

『京都ホテル・ニッポン』は地下二階、地上十一階建てで客室三百がある。このホテルの特徴は、全室ツインという点だった。シングルの部屋が、一つもないのだ。各室とも豪華で設備も最高だが、値段がひじょうに高い。一泊八千円というのが、最低の部屋だった。しかも、市内の中心部を避けて、環境は申し分ないが北のはずれに建てたというところも変わっている。

久保田万造はあえて、その三点の新しい特徴を試験的に『京都ホテル・ニッポン』に取り入れてみたのである。京都という観光地の特殊性を考えて、彼には彼なりの狙いがあったのだ。もし失敗したとしても、久保田万造には大して響かなかった。

今後は海外進出を目ざすだけの日本のホテル王、資産数百億と言われている財産家だった。ホテルの一つぐらい潰れても、そんな損害はすぐ取り戻せるのであった。株式会社ではあっても、役員には親類縁者が多い。それに、全株式の三分の二を久保田万造が握っている。いっさいを彼に任せて、役員たちは口出し顔出しをしなかった。

久保田万造は、昨日初めて東京から『京都ホテル・ニッポン』へ来ていた。五日前に、ヨーロッパから帰って来たばかりである。それで、オープンの祝賀会にも顔を出せなかった。今度が最初の視察であり、『京都ホテル・ニッポン』の責任者たちに訓示を垂れるときでもあった。

翌日の八月五日に、娘の理江子(りえこ)も東名(とうめい)、名神(めいしん)を飛ばして、濃紺のボルボで京都へやって来た。ボーイ・フレンドと一緒だった。ボーイ・フレンドは大勢いるが、その中で理江子のほうで熱くなっている谷本富士男(たにもとふじお)を強引に誘い出して来たのである。

理江子は二十一歳、久保田万造が四十をすぎてからようやくできた子どもだった。そのうえ、ひとり娘ときている。目に入れても痛くないといった可愛がりようで、これまで叱ったことは一度もなく、ただただ甘やかしているのであった。

理江子の欲しいものが、手にはいらないということはなかった。誰からも、チヤホヤされる。彼女が自己中心の奔放(ほんぽう)で無軌道な娘に育ったのは当然だった。いつも、かなりの現金をバッグに押し込んで持ち歩いている。美人ではないが大財閥の後継者ということで、取巻き連中が大勢いた。

夜八時になって、久保田万造は『京都ホテル・ニッポン』の支配人と副支配人を執務室に呼びつけた。執務室は、屋上の一部に特別に作らせたものだった。京都のこのホテルに来たとき、久保田が使う専用の部屋であった。寝室、応接室、事務室の三部屋から成り立っている一戸建てだった。

久保田万造は、壁にかかっているE・Mスタットラーの肖像画の前をゆっくりと歩き回った。ガラス戸の前の椅子に、倉橋伸介がすわっていた。倉橋は元暴力団の幹部で、ふとしたことから久保田万造に拾われたのであった。いまは久保田のボディ・ガードを勤め、影のように彼から離れずにいた。ガラス戸の外は、化粧レンガを敷きつめた屋上の広い平面であった。

久保田万造の前のソファに、支配人の関口浩太郎と副支配人の丹野一郎が畏まってすわっていた。久保田が、ボディ・ガードの倉橋に目で合図をした。頷いた倉橋は立ち上がって、電話機のところへ歩いた。彼は四人分のフレッシュ・ジュースを持って来るように、電話で伝えた。

「さてと、わしがなぜここにホテルを建てたか、その意図について説明する」

とても六十三とは思えない健康そうな巨体を左右へ運びながら、久保田万造はハンカチでしきりと顔の汗を拭った。冷房が、よく利いている。だが、久保田の巨体は暑さに弱く、大変な汗かきだったのだ。

「京都は、日本一の観光都市だ。毎日平均五万人の観光客がこの地を訪れ、年間一千七百万以上の人間が集まって来る。ところがだ、意外と知られていないのは、それだけの数の観光客が京都市に落とす金がひじょうに少ないということだな」

久保田万造は大きな目で、支配人と副支配人を睨みつけるように見据えた。関口も丹野も、萎縮したように顔を伏せた。

「よろしいか。京都へ来る観光客の三分の一は団体客、一割が修学旅行の高中学生だ。修学旅行となると、一泊で平均ひとりが一千八百円しか落としていかない。もちろん、宿泊料を含めてだぞ。団体客は観光バスで、名所を駆け回って一日で引き揚げて行く。そのうえ、新幹線が設けられたので、日帰り客が多くなった。年間一千七百万人の観光客のうち、京都に一泊するのが四百万人、日帰りは何と一千万人もいる。これでは京都の観光収入が、他の産業の数パーセントだというのも当然じゃないか」

と、久保田の演説口調が、しだいに熱っぽくなった。

その頃、広い屋上の一隅で久保田万造の娘理江子が血相を変えていた。彼女が強制的に連れて来たボーイ・フレンドの谷本富士男は、さして高くない屋上の囲いに凭れて冷ややかな顔をしていた。さらに十数メートル離れた屋上の角のところに、長身の男がひとりうっそりと佇んでいた。

「侮辱だわ。大変な侮辱よ！」

理江子が、叫ぶように言った。

「うちはけっして、成金じゃないわ」

「成金だとは、言っていないよ。君みたいな成金趣味の女とは、性が合わないって言ってるんだ」

谷本富士男が侮蔑するように、冷ややかな笑いを浮かべた。

「意味は、同じじゃないの！　うちの先祖は二百八十年前、オランダ人を泊めるために江戸の本石町というところに日本で初めての西洋風のホテルができたとき、そこの支配人役を勤めたと言われているわ。うちにはホテル経営者として、二百八十年もの伝統があるんだわ。それが、なぜ成金なのよ！」

「君には、日本語が通じないらしい」

「わたし、こんな侮辱を受けたの、生まれて初めてだわ」

「そうだろう、誰も欠点だらけの君のことを本気で心配していないという証拠さ。君には、真実を教える価値もないと、みんな適当に扱っているんだ」

「わたしが、欠点だらけだって！」

「自分の欠点に気づかないところが、君の最大の欠点さ」

「価値のない女ですって！」

「自分のことしか考えない。自分だけを愛している。他人の迷惑なんて、なんとも思っていない。君は、たったひとりで生きるべき人間だよ」

「言ったわね！」

わがままで気だけ強くて、妙なところに誇りが強い理江子にはもう我慢できなかった。彼女は蒼白になり目を吊り上げて、憤然となった。

一方、執務室ではまだ、久保田万造の訓示が続けられていた。その執務室へ向かって、ボーイがひとり歩を運んでいた。命じられた四人分のフレッシュ・ジュースを、運んで来たところだった。

「このホテルは、そうしたマスツーリズム、つまり大衆旅行の零細観光客は相手としない。一週間ぐらい滞在して、じっくりと京都の古典文化や名所を見て歩く、という心ある上質なお客さまのためのホテルである。そうしたお客さまには豪華な部屋とサービスが必要であり、その代わりに高額な料金をいただく。また市の中心部のガサガサしたところより、いかにも京都らしい環境の場所のほうが喜ばれるに違いない。同時に長く滞在されるお客さまには、連れがあることが多い。そこで、全室をツインとしたわけである。今後のホテルは、お客さまについて量より質の時代であり、その点を……」

と、久保田万造は絶句した。突然、ガラス戸の外でけたたましい物音と、叫び声がしたからである。倉橋を先頭に、関口、丹野、久保田万造の順に執務室から屋上へゾロゾロと出て行った。ボーイが凝然と突っ立っていた。その足許に銀盆や白布、割れたコップの破片、飛び散ったジュースなどが散乱している。

「どうしたんだ、長谷部君」

副支配人の丹野が、ボーイに声をかけた。長谷部というボーイは、無言で一方を指さした。そこには、若い女の姿があった。

「お嬢さんじゃないですか」

支配人の関口が言った。

「あの人が……」

ボーイは強張った表情を、ヒクヒクと引きつらせた。

「お嬢さんが、どうしたんだ」

関口が、ボーイの肩を揺さぶった。

「一緒にいた男の人を、いま突き落としたんです」

ボーイは、ようやくそう答えた。

「何だと！」

愕然となった久保田万造が、理江子へ向かって駆け出した。倉橋、関口、丹野が、そのあとを追った。理江子は、金網を張った低い鉄柵の前に立っていた。放心したように、茫然となっていた。久保田たちは言い合わせたように、鉄柵から乗り出して下を覗いた。

照明灯に照らし出されたプールと、その周囲の鮮やかな芝生が見えた。そのあたりは、まったくの無人であった。真下は、暗くなっている。十一階の屋上からは、何も確認できなかった。久保田万造は、理江子のほうに向きなおった。

「人を突き落としたって、本当なのかい」

久保田は、太い眉毛を上下に動かした。怒っている口調ではない。むしろ、悲痛な声であった。

「本当ですよ」

と、不意に少し離れたところから、低い男の声が飛んできた。そのほうへ、一同の視線が走った。長身の男が、ゆっくりと近づいて来た。黒いズボンに、黒いポロシャツを着ている。顔立ちは整っているが、眼つきが陰気なくらいに暗かった。冷たくて、動かない表情をしていた。

「あんたは？」

倉橋が、一歩前へ出た。

「このホテルの客さ」

男は、倉橋のほうを見ようともしなかった。

「そこで、見ていらしたんですかな」

久保田万造が、男に近づいて行った。

「何もかもね」

男は、タバコをくわえた。

「この娘が、どうして男を突き落としたんでしょうか」

久保田万造が、ライターの火を差し出した。

「ひどく、言い争っていた。そのうち、女のほうが殺してやると叫んで男を押しこくった。油断していた男は弾みで、あっという間に下へ落ちて行った」

男は、目を細めた。何でもないことを、話しているような口ぶりだった。冷静で落ち着き払っているのが、無気味なくらいである。

「お父さま！」

弾かれたように久保田の胸に駆け寄ると、理江子が両手で顔を被って泣き出した。

「やっぱり、本当なんだな」

久保田は、娘の顔を覗き込むようにした。

「だって、富士男がわたしのことをあんまり侮辱するから、ついカッとなって……」

理江子は、身を揉むようにして泣きじゃくった。

「富士男って、東京から一緒に来たボーイ・フレンドかい」

「そう、そうよ」

「泣くのは、やめなさい。やってしまったことは、もう取り返しがつかない」

「いや、わたし、いやよ！　警察に捕まって刑務所へ送られるなんて、わたし死んだほうがいいわ！」

「なんとかする。余計な心配をしないで、まず落ち着くことだ」

久保田万造は、理江子の肩をやさしく抱いた。彼はいま、異常な決意を固めようとしていた。娘の殺人を、なんとか事実から除外してしまおうという決意だった。殺人事件である。それを隠蔽することは、容易ではない。しかし、道はあるはずだった。

万事、金の世の中である。正義も良識も、何百万円という金でならば買うことができる。多額の金さえ出せば、人をいくらでも動かせる時代なのだ。それも、身代わりに自首してくれなどという頼みではない。ただ、目をつぶり黙っていれば、何百万、何千万という金がもらえるのである。それを拒む者は、いないだろう。

「丹野君は、下へ行って誰にも知られないように状態を見て来てくれ。関口君はそこにいるホテルの客と、長谷部というボーイを執務室に連れて来るんだ」

久保田万造は、支配人と副支配人に小声で指示を与えた。

2

副支配人の報告によると、事態はますます絶望的であった。屋上から墜落（ついらく）した谷本富士男は、たまたま地上にいた人間に激突したのである。運悪くそこを通りかかった女の真上に谷本富士男が落下したのであった。谷本富士男とその女は、重なり合って死んでいた。たぶん、二人ともその一瞬に、即死したのに違いない。

谷本富士男だけなら、争ってカッとなったという点が考慮され刑も軽くてすんだかもしれない。しかし、偶然とは言え結果的には二人を死なせたとなると、そうはいかない。いよいよ、なんとしてでも殺人事件を隠蔽しなければならなくなった。

しかし、同時に久保田万造は、そうした事実からある死の形を思いついた。デパートの屋上から飛び降り自殺を図（はか）った人間が、たまたま下を通りかかった通行人の上に落ちたといったことは、よくある話である。そこで、久保田は自殺を思いついたのだ。谷本富士男の死を、自殺だったということにしてしまえばいい。

執務室の応接間には、久保田万造、理江子、倉橋、関口、丹野、それに目撃者であるボーイの長谷部とホテルの客だという男が顔を揃えていた。例によって、久保田が協力を求めるために演説口調で熱弁を振るった。聞く者は、沈黙を守っていた。

「なんとしてでも、殺人事件にはしたくない。理由は、二つある。一つには、わたしの命にも等しい娘の理江子を刑務所へ送りたくない。もう一つは、全国十五のホテル・ニッポンの信用を守ることだ。日本のホテル王久保田万造の娘が人を殺したとなると、ホテル・ニッポンの伝統、信用、体面に大きな影響を及ぼす。客商売の事業には、重大問題だ。今夜の殺人事件について知っているのは、この世にここにいる七人しかいない。この七人が目を閉じ、口を噤んでいれば事件は永久に発覚しないのだ。もちろん、それなりの報酬は出させてもらう。十万や二十万円の、ハシタ金ではない。わたしには、かなりの財産がある。たとえその財産の半分を失ってもいいから、なんとか今夜の事件は自殺ということで決着をつけたいと思っている」

久保田万造がそう結ぶと、いくつかの顔が感動したように頷いた。

「まず、関口君と丹野君だが、このホテルを君たち二人の共同経営にするという条件ではどうだね」

久保田が、視線を支配人と副支配人に向けた。関口と丹野は、ハッとなって腰を浮かせた。とても信じられないという顔つきだったが、大きな期待と喜びの色は隠せなかった。

「君たち二人に、このホテルをそっくり譲渡したのでは、なぜかとその理由を怪しまれる恐れがある。だから、表面的にはいままでどおりにしておく。しかし、ホテルの利益はもちろん君たちのものだし、土地や建物の登記書類も君たちに渡しておく」

「大変、結構なお話で……。不満も不足もございません」

支配人の関口が、立ち上がって頭を下げた。同じ意見だというように、副支配人の丹野も関口に倣った。

「協力してくれるかね」

久保田は、葉巻の灰を床へ散らした。

「はい、われわれ二人が、自殺を図って飛び降りるところを見たと証言しましょう」

関口が、媚びるように言った。

「よろしい。事実は、妻子にも喋らないように。それから、この紙に自筆の脅迫の文句を書いてもらいたい」

「脅迫状を……?」

「秘密をバラされたくなかったら、われわれにこのホテルの経営権をよこせ、というようなことを書くんだ」

「どうして、そんな脅迫状を……」

「もし、君たちが裏切った場合、それを警察に提出する。君たちも脅迫罪で、逮捕される
ということを忘れないようにしたまえ」

「わかりました」

　と、関口、丹野の二人は紙に自筆の脅迫状を書いた。

「さて、次にボーイの長谷部君だが、君は東京へ行きたいと思わんかね」

　久保田万造は、長谷部というボーイの肩を叩いた。

「できたら、行きたいと思っていました」

　ボーイの長谷部はコチコチになって、直立不動の姿勢をとった。

「東京の南青山に、わたしが経営しているマンションがある。七階建て七十二室あり、
毎月の室料が三百五十万ほどある。マンションの経営権を君にあげるし、土地建物の登記
書類も君に預ける。それで、どうだろうかね」

「どうも、ありがとうございます」

「承知してくれるかね」

「はあ、喜んで……」

「だったら、君も脅迫状を書くんだ」

「はい」

長谷部というボーイは、喜々として紙とペンが用意してあるテーブルのほうへ歩いて行った。

「お前は、何が欲しい」

久保田万造は、倉橋に声をかけた。

「わたしは何かを経営するなんて苦手だし、マンションもホテルもいりませんよ」

倉橋が、ニヤリと笑った。

「現金がいいのか」

「まあ、そういうことになりますか」

「いくら欲しい」

「社長には、いろいろと恩を受けておりますからね。欲張りませんよ」

「二千万円でどうだ」

「充分すぎますよ」

「よろしい。東京へ戻ったら、二千万円の現金を用意させよう」

久保田万造は、満足そうに頷いた。これで、四人は片付いた。残るのはひとり、ホテルの客だという男だけだった。その男はソファに腰を沈めて、黙念と腕を組んでいた。相変わらず無表情で、目を動かそうともしなかった。青白い顔が、鈍く光っていた。

「失礼ですが、あなたはこのホテルの何号室にお泊まりで……」

久保田万造は、男と並んでソファにすわった。

「五〇五号室」

男は、もの憂い感じで目を天井に向けた。

「お名前を教えていただけませんでしょうか」

「宇田川」

「宇田川、何とおっしゃるんです」

「丈二」

「宇田川丈二さんですね。奥さまと、ご一緒ですか」

「そう」

「いつまで、ご滞在で」

「今夜と明日だけだ。明後日は、東京へ帰る」

「お聞きになっていたとおりなんですが、いかがなものでしょう。あなたさまにも、相応の報酬を差しあげたいんですがね」

「何も、いらんさ」

男は、軽く首を振った。

「いらない」

久保田万造は、ひどく狼狽していた。当然聞けるはずの言葉が、返ってこなかったからである。むしろ、その逆で最も恐れていた返答を、いともあっさり突きつけられたのであった。理江子が、不安な眼差しで男を見た。関口、丹野、長谷部の三人が、一斉に振り返った。倉橋が立って来て、威嚇するように男を見下ろした。

「というと、協力はしてくださらないわけなんですか」

久保田万造は、表情を険しくした。

「協力する義理もないしね」

宇田川丈二と名乗る男は、少しも動じなかった。

「すると、警察に事実を、見たままのことを証言なさるんですな」

久保田万造は、焦燥感を覚えた。八分どおり事が運んだのに、最後のひとりで躓いたのである。

「いや、そうするとは言ってない」

男は、表情のない顔で久保田を一瞥した。

「どういう意味なんです」

「あんたにも、警察にも協力しないと言っているのさ。他人のことには、興味も関心もない」

「どうも、釈然としませんな」

「協力ということが嫌いなだけだ」

「だったら、こうしましょう。協力してくれとは、お願いしません。ただ黙って、差しあげるものを受け取ってください」

「妙な話だ」

「いま、小切手を切ります。額面、二千万円でいかがでしょう」

「二千万円ね」

「三千万円にしましょうか」

「あんたから、そんなものをもらう筋合(すじあい)はない」

「堅いことは、おっしゃらずに……」

「筋の通らない金は、たとえ千円でも受け取らない主義でね」

「あなたは、お金が欲しくないんですか」

「別に、不自由はしていない」

「お願いです。受け取ってください」

「おれに、かまわんでくれ」

男は立ち上がると、まるで風に吹かれるようにすっと執務室を出て行った。

「関口君、一一〇番に電話だ。自殺者が出たって……」

久保田万造は、大声で怒鳴（どな）った。どうにでもなれ、という気持ちだった。

3

警察でも、自殺として扱った。殺されたという明確な状態もなかったし、動機もない。ホテルの客がホテルの屋上から落ちて死に、支配人と副支配人が飛び降りるところを目撃したというのだから、自殺と判断するほかはなかった。

不運だったのは、たまたま下を通りかかって巻添えにされた女であった。その女もホテルの客で、夫と一緒に泊まっていたのであった。

夫の話によると、散歩して来ると部屋を出て行って二、三十分後の出来事だという。桃（もも）井由美（いゆみ）、三十歳で、東京都下の大地主であった。夫の桃井雄作（ゆうさく）はホテルのバーで飲んでいて、大騒ぎになるまで妻の死に気がつかなかったらしい。

谷本富士男は全身打撲(だぼく)で、桃井由美は首の骨を折り、それぞれ即死であった。これで一応、久保田万造の目的は達せられる。あとは明日になって京都へ来るはずの、谷本富士男の伯母に対する問題処理だけであった。都合のいいことに、谷本富士男には親兄弟がないという。

東京・大森(おおもり)の伯母の家に、谷本富士男は身を寄せていた。血縁者は互いにその伯母と谷本富士男だけで、いわば母と子のような仲だったという理江子の話だった。伯母は谷本松枝(まつえ)といって、五十五歳になるそうである。電話で谷本富士男の死を知らせると、松枝はあの子が自殺するはずがないと言ったということだった。その点で、松枝への対策も必要であった。

だが、それ以上に無気味な存在は、宇田川丈二という男である。午前二時をすぎても、久保田万造は眠らなかった。パジャマには着替えたが、執務室の応接間でなんとなく起きていた。いま執務室には、彼のほかに倉橋しかいなかった。倉橋はまだ、背広姿のままでいた。彼はこの応接間の、ソファ・ベッドで眠るのであった。

「どうも、よくわからん」

久保田万造は、歩き回りながら幾度も首をひねった。

「ただの変わり者なんですよ、社長」

倉橋が、ソファの背に凭れて目で久保田を追っていた。

「いや、そんなことはない。いまどき、二千万三千万の金をやると言われて、あくまで断わり通す人間なんているもんか」

「正義派なんでしょう」

「だったら、警察に目撃者として、真実を打ち明けるはずだ。ところがあの男は、自分の部屋から出て来ようともしなかった」

「すると、あとになって警察へ駆け込むつもりなんでしょうかね」

「そんなことをしても、意味はない。あの男は約束どおり、警察には何も言わないつもりなんだ」

「それなら二千万円をもらってもいいはずじゃないですか」

「それを、あの男は頑として受け取ろうとはしなかった。つまり、あの男には何かほかに、狙いがあるのに違いない」

「どんな魂胆なんでしょう」

「二千万や三千万はハシタ金と、言いたいのかもしれない」

「社長からもっと大きなものを、強請り取ろうというんですか」

「そうとしか、考えられない。わしの財産の一部をもらって協力するなんて、馬鹿らしい。それより、わしの財産のすべてを脅し取ろうと狙っているんじゃないかな。わしの立場として、理江子の人殺しをネタに脅されれば、財産のすべてをそっくり持って行かれても文句は言えんからな」

「そんな無茶な、社長……」

「あの男、ただのネズミには見えない。度胸もすわっているし、あの男の雰囲気には凄味がある」

宿泊者カードの記録によると五〇五号室の客は、東京都世田谷区祖師谷に住む宇田川丈二、三十二歳と、妻順子二十六歳で、職業は会社員ということになっている。だが、どう見ても、当たり前の会社員ではなかった。ぞっとするような冷たさと暗さ、それにあの虚無的な雰囲気には、明日の平和と健康を願うサラリーマンの生活とは無縁なものが感じられるのだった。

「あの男を東京へ帰す前に、なんとかしなければならない」

久保田万造は、水差しの水を喉を鳴らして飲んだ。いまのままでは、不安で仕方がなかった。宇田川丈二がいったい何を狙っているのか、見当もつかなかった。理江子の人殺しの現場を、最も近くで目撃した人間をいまだに買収できずにいるのだ。今夜のところは、警察に対して沈黙を守った。しかし、買収されてないのだから、今後も黙っているという保証はない。いつ気が変わって、警察に通報するかわからなかった。

「小当たりに、当たってみますか」

倉橋が、腕が鳴るというように肩を怒らせた。

「そうだな。ここまで来たからには、もうあとへは退けない。まず、あの男の真意、魂胆を調べてほしい」

「場合によっては、痛めつけてやりますよ」

「痛めつけるだけで、すんでくれればいいんだがね」

久保田万造は、深刻な面持ちで溜め息をついた。

「相手の出方によっては、消さなければなりませんね」

倉橋が、さすがに緊張した顔で言った。

「自動車事故でも、装うほかはあるまい」

久保田万造は、椅子にすわって頭をかかえた。これまで、法を犯すようなことはしなかった。それが、みずから殺人を指示するような、立場に追いやられたのである。理江子のためとは言いながら、日本のホテル王も落ちたものだと久保田万造は情けなくなった。あの男さえ、黙ってもらえるものをもらってくれれば、と腹が立った。

それにしても、不可解な男である。知らん顔をしているだけで、二千万円か三千万円が手にはいったのだ。こんなうまい話は、めったにあることではない。だが、宇田川丈二は事もなげに、それを拒んだ。法と正義を重んずる常識家かと思うと、そうでもない。殺人事件の目撃者でありながら、そのことを警官に話そうともしない。

　やはり、何かほかに目的があるのだ。久保田万造の全財産乗っ取りを策しているのか、そうでなければ、彼に復讐するために苦しめようとしているかであった。久保田万造は三十数年前、手をつけた女中のことを思い出した。彼の妻がその関係に気づき、怒り狂って女中を追い出してしまった。

　その女中は、妊娠三カ月の身重であった。以来、その女中の消息について、まったく聞いていない。久保田もいつしか忘れてしまって、行方を探そうともしなかった。そのときの子どもが生まれて、今日健在だったとしたらあの宇田川丈二ぐらいの年になっているはずである。当然、薄情な父親に対して、復讐するということも考えられる。

　その頃、五〇五号室では宇田川丈二が、妻と称する女と一つベッドにいた。というより、女のほうから彼のベッドにはいり込んで来たのである。順子という女は髪の毛を赤く染めて、ややハーフがかった美人であった。言葉に、名古屋あたりの訛りがある。

「ねえ……」

　女は、丈二の逞しい胸に顔を伏せて、彼の唇からタバコを抜き取った。

「抱く、とは言ってなかったはずだ」

丈二は表情のない顔で、女の揺れる赤い髪を指に巻きつけた。

「こういうことは、その場のなりゆきじゃないの」

女は、丈二の下腹部のほうへ唇を滑(すべ)らせていった。

「その分の報酬は、なしだぜ。おれは、女を買うのが嫌いでね」

丈二が、眠そうな声で言った。

「お互いに、楽しめばいいのよ。わたし、あんたみたいな男に弱いんだ」

女は、丈二の股間(こかん)に顔を埋(うず)めた。

「まあ、好きなようにするさ」

「それに、あんた名古屋で声をかけてきたとき、何て言ったと思う。豪華なホテルに泊まって、金儲(もう)けができて、大いに楽しめるんだけど一緒にどうだって言ったのよ」

女は、途中で顔を上げて不服そうに頬をふくらませた。

「このホテルに来るには、女連れでないと恰好(かっこう)がつかないからさ」

丈二は起き上がると、無造作に引き寄せた女をベッドの中央に転がした。

「それで、もう金儲けっていうのにも、成功したの」

女は、下へ伸びた丈二の手にまさぐられただけで、息を弾ませて目を閉じた。

「あとは、いただくものがいただけるときを待つだけさ」

「すると、間もなくここを出てしまうのね」

「もう一泊するだけだ」

「それで、名古屋でお別れ？」

「報酬は払う。あとは元どおり、見知らぬ他人同士に戻るのさ」

「あんた、好きよ！」

　突然、叫ぶように言って、女が丈二にしがみついた。断続的に忍び泣いているような声を洩らしながら、女は恥ずかしいと呟いた。どうやら、その部分の豊潤すぎるくらいな潤いを恥じているらしい。丈二が埋没すると、女はのけぞって喘息のように喉を鳴らし、全身で悶え始めた。

4

　死体の確認、遺品の引き取りなどをすませて谷本松枝が『京都ホテル・ニッポン』へやって来たのは、翌日の午後六時すぎであった。手筈どおり副支配人の丹野が丁重に迎えて、まずダイニング・ルームで豪勢な食事をとらせた。

そのあと、貴賓室に案内して一時間ほど休ませてから、支配人の関口が屋上の執務室へ連れて来た。黒い絽の着物姿の谷本松枝を一目見たとたんに、久保田万造は意地の悪い欲張り婆さんに違いないと思った。しきりとハンカチを使い泣いているふうを装っていたが、それは空涙だった。

チラッ、チラッと久保田万造の顔色を窺ったりする。その目つきに、油断がなかった。松枝は長々と、谷本富士男がいかに頼り甲斐のある甥であったかを語った。息子同様に尽くしてくれていたし、これから先をどうやって生きたらいいものかと、愚痴を並べ立てた。一時間以上、久保田万造は松枝の言い分を、黙って聞いていた。

「富士男は、お宅のお嬢さんに無理に誘い出されて、こちらへ向かったんですよ。もし、そんなことがなかったら、富士男は死なずにすんだかもしれません」

松枝は声を震わせて言いながら、ジュースのコップを忙しく口へ運んだ。

「それはおかしな言い方ですな」

久保田万造は、余裕のある微笑を浮かべた。

「富士男君は、自殺したんですよ。どこへ行こうと、自殺する意志が消えたり浮かんだりするものではないでしょう」

「あら、そうでしょうかねえ、社長さん、わたしは富士男が自殺したなんて、思ってはおりませんよ」

　松枝の目が、険しくなった。

「しかし、富士男君は現に、この屋上から飛び降りたんです。飛び降りるところを目撃した人間も、おりますよ」

　久保田万造は、葉巻の煙の中から言った。

「何かの間違いじゃありませんかねえ」

「どうしてです」

「富士男のことについては、誰よりもこのわたしがよく知っているんです。富士男が死ぬほど悩んでいたとすれば、真っ先にわたしがそうと気がつきます」

「衝動的に、あるいは発作的に死にたくなったのかもしれません」

「死ぬ理由もないのに、自殺するなんてそんな馬鹿な……」

「そう言われても、わたくしにはどうすることもできませんな」

「遺書もなかったんですしね」

「自殺者がすべて遺書を残すとは、限りませんよ」

「とにかく、わたしには納得できませんね」

　松枝は、唇を『へ』の字に曲げて、この場を動かないというようにすわりなおした。

「そこまでは、わたしどもも責任を負いかねます。しかし、伝統あるホテル・ニッポンが自殺の場所を提供したと思うと、わたしとしても心苦しくてなりません。失礼だとは思いますが、これはお香典です。どうぞ、お納めください」

久保田万造は用意しておいた小切手に、白い角封筒を添えて差し出した。松枝はテーブルの上の小切手を、さりげなく横目で見やった。同時に、松枝の目が大きく見開かれて、輝きが増した。わが目を疑うように、しばらく額面一千万円の小切手を眺めていた。

「さあ、どうぞ……」

久保田万造は、松枝の背後にいる関口に軽く頷いて見せた。松枝はすました顔で、小切手を封筒に入れ、バッグの中にしまい込んだ。

「遠慮なく、いただかせてもらいます」

松枝は、深々と頭を垂れた。急に表情が穏やかになり、口許には笑みさえ漂っていた。

「そうそう、いまになって思い出しましたけど、富士男には厭世的なところがありましてね。ときどき思い出したように、おれ死のうかななんて言ってましたよ」

松枝が、ハンカチで顔を被いながら言った。

「やっぱり、そうでしたか」

欲張りだけあって、わかりが早いと、久保田万造は胸のうちで苦笑した。

やがて、関口とともに谷本松枝は、執務室の応接間を出て行った。今夜は貴賓室に一泊して、明日の朝、東京へ帰ることになっていた。久保田万造は、椅子から立ち上がった。金の威力とは、大したものである。血縁関係にある松枝さえも、一千万円を差し出されたとたんに甥は自殺したのだと認めた。

なぜ、あの宇田川丈二という男だけが、大金を受け取ろうとしないのだろうか。協力を拒絶する裏に、いったい何が隠されているのか。久保田万造の全財産を狙っているのか、それとも彼の心を休ませないことが目的なのか。

電話が鳴った。久保田は、送受器を手にした。東京からです、と交換手が告げた。『東京ホテル・ニッポン』の、支配人からであった。

「興信所から、報告がありました」

支配人の声は、申し訳ないというふうに沈みきっていた。

「宇田川丈二という男の過去、経歴については、調べようがないそうです」

「なぜだ」

久保田万造は、大きな声を出した。

「世田谷区祖師谷の該当する番地に、宇田川丈二という人間が住んでいないからなんです。もちろん、順子という女についても、何もわからないそうです」

「そうか、だったら、仕方がない。いや、ご苦労」

久保田万造は、送受器を投げ出すようにして電話を切った。やはり、あの男はまともな人間ではなかった。ちゃんとした会社員であれば、出鱈目(でたらめ)な住所を書いたりすることはない。宇田川丈二というのも、偽名に違いなかった。

得体の知れない男となると、ますます無気味であった。とんでもないことを、企(たくら)んでいるような気がする。と、久保田万造は、跳び上がりながら後ろを振り返った。瞬間的に、彼の顔から血の気が引いた。凄(すさ)まじい音とともに、応接室のドアがあいたのである。

「き、君は……！」

久保田万造は逃げ腰になり、テーブルに突っかかった。巨体に押しこくられたテーブルが、大きく傾いた。花瓶が床に転がり落ちて、けたたましい音を立てた。

「おれにかまうな、と言ってあったはずだ」

宇田川丈二の冷たい顔が、ドスの利いた声で言った。

「わたしは、何もしていない」

久保田万造は、首を左右に振った。

「嘘をつけ！」

丈二の、鋭い言葉が飛んだ。彼は、後ろに引きずっていたものを、床に投げ出すようにした。倉橋であった。白い背広は泥にまみれて、髪は乱れ顔が血に染まっていた。かなり手ひどく、痛めつけられたらしい。黒い革手袋だけが、汚れていなかった。

「これは……！」

久保田万造は、顔をそむけた。

「こんな用心棒を飼っていると、ホテルの信用に傷がつくぜ」

丈二は表情も変えずに、倉橋の脇腹を激しく蹴りつけた。倉橋は呻き声を上げて、苦悶しながら身体を弓なりにした。

「この男が、どこで……」

久保田は、丈二に背を向けた。

「庭園の池の向こうにいたら、のこのこ出て来やがった」

丈二は倉橋の顔の上に靴をはいた足を置くと、それを左右に回すようにして踏みにじった。倉橋が、悲鳴を上げた。

「お願いだ。宇田川さん。頼むから、金を受け取ってください。五千万円にするから……」

「まだ、そんなことを言っているのか」

「あんたが、受け取ってくれないと、わたしは落ち着けないんだ」

「それは、そっちの勝手さ」

「どうしても受け取れないというなら、その理由を教えてもらいたい」

「金は、いらない。それに、おれは面倒なことに関わり合いになるのが嫌いなんだ」

「本当に、それだけの理由なのか」

「信じられないのなら、それでいい」

「いや、信じよう」

「念のために、言っておく。二度と、おれにかまうな」

宇田川丈二は、ふっと消えるように部屋を出て行った。久保田万造は冷や汗を手の甲(こう)で拭いながら、倉橋の脇にしゃがみ込んだ。鼻血は止まっていないし、唇が形を変えるほど腫(は)れ上がって、前歯が二本折れていた。相当な、腕力である。

「社長、あの男の言ったことを、信じてはいけませんよ」

倉橋が目を閉じたまま、苦しそうに言った。

「なぜだ」

久保田は、倉橋に顔を近づけた。

「あの男には、やっぱり何か魂胆があるんです」

「どうして、そうとわかったんだ」

「庭園の池の向こうの闇の中に、あの男は誰と一緒にいたと思います」

「誰と一緒だった」

「お嬢さんと、二人きりで……」

「理江子と……！」

久保田万造は、全身を硬直させた。みるみるうちに、顔色が変わった。宇田川丈二が、理江子に接近しようとしている。久保田万造の最も痛いところを衝こうとしているのに違いなかった。

5

宇田川丈二は、執務室を出た足で六三〇号室へ向かった。六三〇号室には、理江子が泊まっている。さっき、庭園の奥で話をしているとき、倉橋の出現によって中断された。部屋で待っているから、あとで来てくれと言い置いて、理江子は引き揚げて行ったのだ。

ノックすると、待っていたようにドアがあいた。広い洋間と座敷のほかに寝室がついていて、最高級の豪華な部屋だった。理江子は、洋間のソファを丈二にすすめた。自分は厚い絨毯が敷きつめてある床にすわり込んだ。およそ彼女らしくなく、悄然と沈みきっている。

「さっきの話の続きだけど、やっぱりわたしは自首しようと思うの」

理江子は、ひたむきな目で丈二を縋るように見上げた。丈二は、無表情だった。虚ろな目を、宙の一点へ投げていた。

「そういう気になった理由は？」

丈二は、ポツンと訊いた。

「二つあるの」

スラックスをはいた理江子は、両膝をかかえ込むようにした。

「一つは、罪の意識よ。昨夜、一睡もできなかったわ。富士男と、あの桃井由美という人の顔が頭から消えないの。恐ろしくて、気が狂いそうだったわ」

「なるほど」

「わたしも、やはり人間なのね」

「もう一つの理由は」

「あなたよ」

「意味が、わからない」

「わたしね、お金で動かされない人を見たのは、今度が初めてなの。父は、なんでもお金で解決しようとする。何千万円かを積む。それで解決できなかったことは、いままでに一度もないのよ」

「そうだろうな」

「ところが、あなただけはキッパリと拒絶した。わたし、しまったと思う反面、何かこう目が覚めたような気がしたの。素晴らしい、綺麗（きれい）だな、と思ったわ」

「恐縮したくなる」

「こんな人間が、まだ世の中にいる。そう考えると、自分がつくづく情けなくなったわ。罪のない人を二人も死なせておいて、責任もとらずに逃げようとしている。いやらしく、穢（きた）ない」

「しかし、自己嫌悪に陥（おちい）ることができるうちは、まだ救いがある。汚れきった人間になると、もう何も感じない」

「まだ救いがあるうちに、やるべきことをやっておかなくちゃあ」

「自首かい」

「そう」

「自首か」

「あなた、もちろん賛成でしょ」

宇田川丈二は、目を閉じた。考えている。一つ頷いて、目を開いた。

理江子が期待するように、丈二の口許を見守った。

「どうなの」

「さあ……」

「好きなようにするさ」

丈二は、退屈そうに言った。

「そう」

理江子は、顔を伏せた。拍子抜けしたのであった。

「おれは、他人のことに口出しはしない。興味がないんだ」

「いいの。こんなこと、人に相談するほうがおかしいんだわ」

「ただ、君が自首すると、大変なことになるぜ」

「父のことね」

「支配人も副支配人も、ボーイも用心棒も……」

「刑務所行きかしら」

「いや、早いところ君が自首すれば、なんとかなるんじゃないのかな」

「あなたは、大丈夫？」

「おれは、買収されていないからな。しかし、殺人と知っていて黙っていたんだから、やっぱり引っ張られるだろう。それでも、すぐ釈放されるさ」

「だって、質問されたわけじゃないんだから、黙っているのは当然じゃないの」

「いや、こういうことはたとえ質問されなくても、警察官に届け出る義務があるんだ」

「やっぱり、自首するわ」

「そうかい」

「ねえ、抱いて」

理江子が、丈二の膝元ににじり寄って来た。丈二は、そんな理江子を無視していた。唐突な要求にも、驚いたようには見えなかった。

「わたし、あなたがお兄さんみたいな気がするの」

理江子は、丈二の膝の上に顔を伏せた。

「日本では、兄と妹が抱き合ったりはしないぜ」

丈二が言った。

「あなたに抱かれたら、きっと落ち着くわ」

理江子は丈二の膝に乗り、彼の首に両腕を巻きつけた。

「落ち着いたか」

丈二が、訊いた。

「うん」

理江子が、泣き出しそうな顔になって、無理に笑った。

「わたし、今度生まれて来るとき、貧乏でもいいから兄弟が大勢いる家に生まれたい」

「寂しいのか」

「キスして、いい？」

理江子が、ひどく真剣な顔つきで言った。丈二は黙って、目を閉じた。理江子は唇を近づけた。だが、唇が触れ合ったとたん、彼女は泣き出して丈二の胸に顔を埋めた。

それから五分後に、執務室の電話が鳴った。ソファに横になっていた倉橋が顔をしかめて起き上がろうとするのを制して、久保田万造が電話に出た。先方の声は、理江子だった。なぜ宇田川丈二と会ったりしたのだと怒鳴りそうになるのを、久保田万造は辛うじて堪えた。

「どうした」

さすがに、久保田は不機嫌そうな声で言った。

「重大な話があるの」

理江子の声は、泣いているそれだった。

「そうか。だったら、こっちに来なさい」

やはり宇田川丈二と会って、何かあったなと久保田万造は思った。

「電話で、充分よ」

「じゃあ、話しなさい」

「わたし、自首するわ」

「なんだって！」

久保田は、送受器を取り落としそうになった。

「今夜のうちに、自首するつもりよ」

理江子は嗚咽した。

「冗談じゃない！　とんでもないことだ！」

「だって、わたしは人殺しなのよ。自首するのが、当然じゃないの」

「今さら、何を言い出すんだ！　そんなことをしたら、わしも十五のホテル・ニッポンもすべて終わりだ」

「もう、決心したの」

「誰に、自首をすすめられた」

「自分で決めたのよ」

「嘘だ。お前は、宇田川という男に会っただろう」

「ええ。いま、ここを出て行ったばかりよ」

「部屋にまで、押しかけて来たのか！」

「わたしが、呼んだんだわ」

「お前は、あの男に騙されている。うまく、操られているんだぞ！」

「あの人には、ただ自首することで相談しただけですよ」

「違うんだよ。お前には、何もわかっていないんだ。あの男は綿密な計画に基づいて、行動しているんだぞ！」

「あの人と、わたしが自首することは、無関係だわ」

「ところが、そうじゃない。大いに関係があるんだ。とにかく、自首なんて、するんじゃない。いいな、これは命令だ。いかん、絶対にいかん！」

久保田万造は電話を切ると、震える指で支配人室の番号を回した。関口が、電話に出た。

「大至急、六三〇号室へ行って、理江子を部屋から一歩も出すな。そうしないと、取り返しのつかないことになるぞ！」

久保田万造は関口にそう伝えて、送受器を置いた。倉橋が、ソファから立ち上がった。

「わかった、わかったぞ。あの宇田川丈二という男の魂胆が、ようやくわかった」

久保田は、跡切れ跡切れに言った。肩で喘ぎ、正常な呼吸ができないほど、彼は興奮していたのであった。

6

理江子が、結果的には二人の人間を死なせる人殺しをやった。その瞬間に、丈二は計画を思いついたのに違いない。久保田万造がその場に居合わせた者たちを買収して、隠蔽工作を行なった。警察には、自殺ということで押し通した。

そうさせておいてから、理江子に自首させる。そうなったら、大変な結果になるということは明らかだった。単なる犯人隠匿だったら、久保田万造は犯人の肉親であり、刑に服することは免れる。しかし、そんな単純なものではないのだ。

多額の金で証人たちの口を封じ、警察を欺いたのである。殺人事件を湮滅させようと、計画的な工作を行なったのであった。この事実は新聞で報道され、珍しい事件として週刊誌なども詳細な記事に扱うだろう。ニッポン系の十五のホテル、そして久保田自身も破滅する。

宇田川丈二は、それを狙ったのだ。だからこそ、彼だけが買収に応じなかったのである。自分も買収された人間のひとりになったのでは、理江子の自首によって相応の罪に問われるからだった。千円だって受け取らないと言ったのが、その証拠である。

また、警察に対して、沈黙を守っていたのは、あの時点で真相を明らかにしても地味な効果しか生まれないと判断したために違いない。翌日になってから、当の理江子が自首する。そのほうがはるかに劇的であり、センセイショナルな事件になる。

「しかし、社長……」

久保田万造の説明が終わると、倉橋がどうも腑に落ちないというように首をかしげた。

「宇田川の野郎、なんだってまたそんなことを企んだんでしょう。何千万円って、もらったほうが、よほど得じゃないですか」

「人間には、金をもらっても気が晴れないということがある」

虚脱したように、久保田万造は椅子にすわった。

「どういうことなんです」

「たとえば、憎しみだ。憎んでいる相手が五千万円くれても、許せない場合だってあるだろう」

「つまり、復讐ですか」

「そうだ」

「あの男は、社長に復讐するつもりだったんですね」

「わたしを、心から憎んでいる」

「身に覚えがあるんですか」

「まあ、見当ぐらいはつく」

「ところで、あの男のことをどうするつもりなんですか」

倉橋が、凶暴な目つきになった。

「こうなった以上は、最後の手段に訴えるほかはない」

久保田万造は悲壮な顔で、唇を白くなるほど噛んだ。

「消すんですね」

「このままでは、こっちが致命的な傷を負わされる。やむを得ないだろう」

「いつ、やります」

「いま、すぐにだ。急がなければならない」

「わかりました」

「今度は、失敗が許されないぞ」

「大丈夫ですよ。最初から、これを使いますんでね」

倉橋が、上着の左側の部分を開いて見せた。ズボンのベルトの下から、白鞘の短刀が半分ほど覗いていた。

「わしも行こう」

久保田万造は、先に立って執務室を出た。もう、十一時に近い。廊下に、人影はなかった。五階まで、エレベーターで降りた。

「見当はつくとおっしゃってましたが、あの男は、いったい何者なんです」

エレベーターの中で、倉橋が訊いた。

「たぶん、わたしの息子に違いない」

久保田万造は、苦々しく言った。

「それ、本当なんですか」

「嘘を言っても、仕方がないだろう」

「そいつは、まずいですよ。社長の息子さんに、手は出せません」

「これまで見たこともなかった相手だ。息子とは思わん」

「しかし……」

「それに、父親を葬ろうとしている息子を、息子と考える必要はないだろう。あの男はわたしの敵であって、息子ではない」

五階の廊下を、二人は急ぎ足で歩いた。途中で、赤毛の女に会った。

「あれが、宇田川と一緒に泊まっている女ですよ。バーへでも、行くという感じですね」

倉橋が、小声で言った。

「それは、好都合だ。部屋には、宇田川ひとりしかいないわけだからな」

久保田万造が、自分を納得させるように幾度も頷いた。

五〇五号室の前まで来た。人の気配は、まったくなかった。革手袋をはめた手で、倉橋がそっとドアのノブを回してみた。動かない。内側から、鍵がかけてある。久保田は、ドアの前から離れた。倉橋が、ノックした。カチッと音がして、ドアのノブが回った。

同時に倉橋がドアを押しあけて、部屋の中へ飛び込んだ。あっと、人声が聞こえた。続いて、人が床に倒れる音が二度続けて響いた。それっきり、静かになった。久保田万造は部屋の中へ駆け込むと、後ろ手にドアをそっとしめた。

ところが室内の光景を目にしたとたん、彼は唖然となった。予想とは違いすぎる光景だったからである。床には、二人の男が倒れていた。ひとりは、倉橋だった。殴り倒されたらしく、倉橋は壁に打ちつけた頭をしきりと振っていた。

もうひとりは、三十七、八の見たこともない男だった。その男の胸に、短刀が柄のところまで深々と突き刺さっていた。死んでいるのか、呻くこともなく棒のように横たわっていた。そして、テーブルの上には、一万円の札束が山積みにされていた。

そのテーブルの脇に、もうひとり男が立っていた。それが、宇田川丈二であった。倉橋はドアをあけたのが宇田川だと決め込んで、顔も確かめずにいきなり刺したのである。それが、死んでいる見知らぬ男なのだ。次の瞬間、宇田川の一撃を喰らって、倉橋も床に倒れた。そのように推測して、よさそうであった。

「これは、なんの真似だ」

丈二が、初めて感情をその眼差しに示した。熱っぽく、怒りに燃えた目であった。

「お前の計画は、何もかも読めたぞ。なぜ、わたしから金を受け取ろうとしなかったか、その理由もだ」

久保田万造もカッとなって、いささか逆上気味であった。

「なんて、執念深いんだ。いいかげんにしてくれ」

丈二は、元の表情のない顔に戻った。

「お前は、実の父親を破滅に追い込もうとした。そうだろう」

「あんたが、おれの父親だって……！　笑わせるな」

「もう胡魔化しても、無意味なはずだ」

「あんたの娘さんは、自首すると言っているし、そこの間抜けが、この桃井さんを殺してしまった。警察も、今度は厳しいぜ。もう、何もかも終わりだから、本当のことを聞かせてやろう」

「桃井さんというと……」

「あんたの娘が殺した谷本富士男と一緒に死んだ桃井由美の亭主さ」

「その人が、どうしてこんなところに来たんだ」

「約束の金を、届けにね。この亭主は、婿さんだったために時価三十億という土地を持っている女房から、ロクな小遣いももらえなかったんだ。それで、女房に死んでもらうことにしたわけだ」

「すると……」

「そう、桃井由美を屋上から突き落としたのは、このおれさ」

「なんだって！」

「そのすぐあとへ、あんたの娘と谷本富士男が来て同じところで言い争いを始め、ああいう結果になった。偶然、桃井由美の死体とほとんど同じ位置に、谷本富士男が落ちたというわけだ」

「それで、救われたんだな」

「別に、そんな結果にならなくても、こっちは困らなかった。桃井由美の遺書を用意してあったし、バーにいてアリバイのある亭主が自殺だと主張することになっていたからな」

「あんたは、人殺しを金で引き受けるという種類の男だったのか」

久保田万造は、崩れるように床へすわり込んだ。

「何もかも、うまく運んだというのに、最後になって人の商売を邪魔しやがって……」

宇田川丈二は、タバコに火をつけて煙を天井に向けて吐き出した。

「しかし、それにしても、わたしがやるという金を受け取ってくれればよかったんだ」

「冗談じゃない。金はこの亭主から充分もらえることになっていたし、あんたたちのことに関わり合ったためにボロが出るっていう場合もある。だから、おれのことにかまうなって、あれほど言っておいただろう」

宇田川丈二は、ペッと唾を吐いた。そのあとに、重苦しい静寂が訪れた。男たちは、すべてが徒労に終わったことを、胸に痛いほど感じていた。彼らにとって明日のない夜が、京都北の郊外を深く包んでいた。

（この作品『白い悲鳴』は、平成三年六月、
祥伝社文庫から刊行されたものの新装版です）

一〇〇字書評

切り取り線

購買動機（新聞、雑誌名を記入するか、あるいは○をつけてください）	
□（　　　　　　　　）の広告を見て	
□（　　　　　　　　）の書評を見て	
□ 知人のすすめで	□ タイトルに惹かれて
□ カバーが良かったから	□ 内容が面白そうだから
□ 好きな作家だから	□ 好きな分野の本だから

・最近、最も感銘を受けた作品名をお書き下さい

・あなたのお好きな作家名をお書き下さい

・その他、ご要望がありましたらお書き下さい

住所	〒				
氏名		職業		年齢	
Eメール	※携帯には配信できません	新刊情報等のメール配信を 希望する・しない			

この本の感想を、編集部までお寄せいただけたらありがたく存じます。今後の企画の参考にさせていただきます。Eメールでも結構です。

いただいた「一〇〇字書評」は、新聞・雑誌等に紹介させていただくことがあります。その場合はお礼として特製図書カードを差し上げます。

前ページの原稿用紙に書評をお書きの上、切り取り、左記までお送り下さい。宛先の住所は不要です。

なお、ご記入いただいたお名前、ご住所等は、書評紹介の事前了解、謝礼のお届けのためだけに利用し、そのほかの目的のために利用することはありません。

〒一〇一－八七〇一
祥伝社文庫編集長　坂口芳和
電話　〇三（三二六五）二〇八〇

祥伝社ホームページの「ブックレビュー」からも、書き込めます。
http://www.shodensha.co.jp/bookreview/

祥伝社文庫

白い悲鳴　新装版

平成31年2月20日　初版第1刷発行

著　者　笹沢左保
発行者　辻　浩明
発行所　祥伝社
東京都千代田区神田神保町3-3
〒101-8701
電話　03（3265）2081（販売部）
電話　03（3265）2080（編集部）
電話　03（3265）3622（業務部）
http://www.shodensha.co.jp/

印刷所　堀内印刷
製本所　ナショナル製本
カバーフォーマットデザイン　中原達治

Printed in Japan ©2019, Sahoko Sasazawa　ISBN978-4-396-34501-3 C0193

〈祥伝社文庫　今月の新刊〉

辻堂　魁
縁の川　風の市兵衛　弐
《鬼しぶ》の息子が幼馴染みの娘と大坂に欠け落ち？　市兵衛、算盤を学んだ大坂へ――。

西村京太郎
出雲　殺意の一畑電車
白昼、駅長がホームで射殺される理由とは？小さな私鉄で起きた事件に十津川警部が挑む。

南　英男
甘い毒　遊撃警視
殺された美人弁護士が調べていた「事故死」。富裕老人に群がる蠱惑の美女とは？

風野真知雄
喧嘩旗本勝小吉事件帖　**やっとおさらば座敷牢**
勝海舟の父にして「座敷牢探偵」小吉。抜群の推理力と駄目さ加減で事件解決に乗り出す。

有馬美季子
はないちもんめ　冬の人魚
美と健康は料理から。血も凍る悪事を、あったか料理で吹き飛ばす！

工藤堅太郎
修羅の如く　斬り捨て御免
神隠し事件を探り始めた矢先、家を襲撃された龍三郎。幕府を牛耳る巨悪と対峙する！

喜安幸夫
闇奉行　火焔の舟
祝言を目前に男が炎に呑み込まれた。船火事の裏にはおぞましい陰謀が……！

梶よう子
番付屋新次郎世直し綴り
市中の娘を狂喜させた小町番付の罠。人気の女形と瓜二つの粋な髪結いが江戸の悪を糾す。

岩室　忍
信長の軍師　巻の一　立志編
誰が信長をつくったのか。信長とは何者なのか。大胆な視点と着想で描く大歴史小説。

笹沢左保
白い悲鳴
不動産屋の金庫から七百万円が忽然と消えた。犯人に向けて巧妙な罠が仕掛けられるが――。